2024
真夜中のコックピット
〜場面転換〜

倉田周平

Parade Books

目次

序章――見ていて飽きない絵巻物

（※お急ぎの方は**太文字部分**をお読みの後、スキップして13ページ「第一章」にお進みください）

天空にちりばめられた、無数のきらめく星々。それら美形と美姿は、ここのところ格段と充実していてこの上なく優美である。心が自ずと視線の先延長線上の、さらに奥先へと進み魅かれていく感覚。そしてそれらの瞬きと、まるであたかも競い合うかのようにして、**夜間深夜の主要な高速道路上には、あまた多数の高速車両**が行き交っている。そのうちのかなりの数量がトラックやトレーラー等、車両重量四トン以上の運輸運送関連、そして大型車両ではあるようだ。所謂ロジスティクス、すなわち**物流の一翼を担っている集団**である。それらはあたかも飛ぶように舞うように、そしてまるで種々の色彩を闇間のカンバスに差して描くようにして、進み行く…。大道を遠慮して万事事なかれで走行するのは、逆に世間様に対してはなはだ失敬だろうとでも言い張るかのように、大胆にスムーズに遅滞なく走行を続けている。格好の良い流れが、常にそこにある。

そんな深夜の道のりは、天候不良、土日、それに連休や年末年始を除けば酷い渋滞はほぼほぼ皆無で、**すこぶる心地の良い安らかで滑らかな絹の如くのドライブベルト**。**替えて言うならば夢の中のシルクロードである**。そしてそして、トラック達の荷台側面に施された絵柄やロゴマークが色とりどり豊かでふんだんで、工夫を凝らしたケースも多々散見出来る。それらはまるであたかも、見ていて飽きない絵巻物の様子様相ではある。

勿論、道路交通法や道路運送車両法等の法律の下、徹底した安全安定走行が求められているのは、自明の理。それはそれで、さらさら間違いではない。極端奇抜な車両の装飾など、そもそも出来はしないし、法令違反を犯してまでも熱を上げるドライバー自体が、引き潮のように激減。一時期のブームが通り過ぎてからは、消え去り行くのが疾風のように早かった。当然の帰結ではある。人なら誰しも、生活の糧を必ず要する訳であって…。つまりお上に付き従い給料を得て、とにかく雇われ続けて食べていかなければならないから、…だと思う。

そんな中、**企業に属する営業緑ナンバープレートのトラックやトレーラー達**は、比較すればそれはそれは行儀よく、品行方正の姿かたちをなしている。…であるからして、荷台バンボディーの側面は、ほぼほぼ踏み外すことのない優等生姿。規定規約通りの企業広告オンリーである。つまり**荷台の側面には、大きな企業ロゴデザインや連絡先などが、目立つ工夫を施されて格好良く示してある**のみである。けれども他方、**自家用用途契約の所謂白ナン**

バートラックは、その自家用車両自体が基本、ドライバー各々の個人所有物である。だからして、荷台の側面はその運転手の個性をふんだんに発揮して、やろうと思えば存分に描き飾ることだって出来るのである。極端な話、電飾、それは勿論点滅させての使用などは流石《さすが》にままならない。…がしかし、車両の長さや幅を知らせる為に装備してある黄色い「車側灯」。その邪魔さえしなければ、使おうと思えば点灯したままの電飾利用も出来る訳であって…。少々大胆に言い例えれば、次のように言えるだろう。トラックの側面は、アルミ製の平坦なバンボディーだろうと羽のように左右に大きく開くウイングボディーだろうと、この世に生きて呼吸して自己主張出来る、まさに雄大な「トラックカンバス」。そう表現しても過言ではない、…と個人的には思っていたりして。少し…、大袈裟な物言いかも知れない。

平日深夜真夜中の高速道路は大型車両の、言うなればホームグラウンドである。一般道で感じられる、互いに窮屈な隣車線同士、ギチギチ間隔の幅狭さ。それも高速道では、比較すればゆとりさえも感じられて、それほど神経質に真横の間隔、隙間幅の有無等をとりわけ気にする必要もない。勿論気になる信号前の車線変更等も無ければ、自転車走行や歩道から横断歩道への飛び出し等も、違反を除けば高速道では皆無である（実を言うと一部トンネル入口前や首都高速には信号が存在する）。

最近では普通車の幅や車高が外国車両並みに大柄になり、一般道では従来より道幅がほぼほぼ変わっていないにもかかわらず、大きな幅広四輪が、通行人や対抗車両を容赦なくせき止め攻め立てる。神経質にならずにゆとりの歩行で通行でと言われても、それはかなりの無理スジにさえ聞こえて来る。その一方高速道で考えてみると、ほんの僅かなアクセル操作だけで、スピードメーターがあっという間にシキイ値を越えてしまう、などという懸念。そんな懸念も、高速道では僅少だ。そういう精神的に厳しいカセとなる制限制約が、一般道に比べて極力少なめに設定してある。つまり取り敢えず**高速道路は、道路交通法等の法令を常識として順守する優良ドライバーにとっては、自由闊達安全に思い通りに原則信号ほぼ皆無、さらにほぼほぼ直線仕様となっている大道の連続だ。それらを悠然と闊歩出来るドライバーにとってみれば、恵まれた余裕のホームグラウンド**なのである。

　そんなゆとりの高速道路には、ドライバーにとって必須の休憩場所が、適当な間隔を空けて存在する。一般幹線道路で言うところの「道の駅」に相当する休憩エリアが、全国各所に配置されている。つまりすなわち**高速道では、サービスエリア「ＳＡ」とかパーキングエリア「ＰＡ」等が、それに該当する**。おおよそではあるが、五十キロごとにサービスエリアが、十五キロごとにパーキングエリアが設置してある。ＳＡ、ＰＡ等という大きな看板表示が、高速道路内の標識として頻繁に掲げられていることに気づく筈である。

ＳＡつまりサービスエリアは、トイレや自販機等の他にレストランや喫茶店、それにデ

パートみたいな土産物店。場所によってはガソリンスタンド、さらには入浴施設やホテルみたいな宿泊施設まで整っている場合もある。文字通り、サービスするエリア。そして最近、まさかまさかの観覧車を有する遊園地設備有り有りエリアも、出現したらしい。そんなふうにして近年では、サービスエリアその場所施設での行楽を目的に訪れるドライバー家族も、増えているのだそうだ。さらにおまけの情報として…。料金所を通って一般道に下りることなく、何を隠そうプラネタリウム、さらには本格的な水族館！　本当かと驚き疑ってしまうような設備を伴った「ハイウェイオアシス」という新たな潤いスペースも、高速道路では設置が進みつつあるのだという。

話を戻すと、**ＰＡすなわちパーキングエリアは、駐車スペース自体はＳＡとはさほど変わりはしないものの、施設全体で見ると規模が小さい簡素なケースも多い。**勿論、需要があってサービスエリアに負けぬ充実ぶりのパーキングエリアもあることはあるのだが、他方では自販機やトイレ、分煙喫煙室等のごく簡単な設備だけに留まる場合もある。そういった簡素なパーキングエリアの方が、全国的にはごくごく普通の存在だろう。だがしかし運転者ドライバー達にとってみれば、**安全走行に最も大切な「トイレ、休憩、眠気覚まし」の三点セット。**それらがきちんと揃っていさえすれば、それで一応ちゃんとした、マル。充分な合格点だ。多少規模が小さかろうとも、充分存分に**グッドで御の字まさにオッケー、**なのである。

心のオアシス。その場に滞在してゆったりとした気持ちの安らぎが得られ、体力気力が回復しさえすれば、取り敢えずはそれで、ドライバー達の大きな日々の安全の味方となりうる筈である。**そんな高速道路での、こんな物語…。**

2024　真夜中のコックピット　～場面転換～

第一章——カメラを持たないカメラマン

ここ「新東西高速道路」の白松ＰＡ上り方向では、不思議ないざこざと言えばいいのだろうか、不可解なトラブルが奇しくも生じていた。夜更けの深い闇間が、そんな奇妙なトラブル出現の後押しをしているのだろうか。エリアの規模は並み普通なのだが、やはりＳＡに比べると心持ち狭く感じる。ＰＡの中でも白松ＰＡは、簡素な部類に属する設備ぶりだろう。そんなエリアの建物奥中央に陣取るのが、インスタント食品自動販売コーナーである。飲み物、総菜パンの自販機も眼に入って来る。それに食堂に加えて分煙喫煙室があるようだ。そのメインの食堂には、大テーブルが無味乾燥無作為な状態で三十数台並べ置いてあり、休憩中の運転手達がドカッと居座り、カップラーメンや総菜パン等を食している。…と、そこで食事している一人が突然ヤケにムセて、ラーメンのカスを口角から勢い良く吹き飛ばした。それを嫌がりたしなめる周囲の運転手仲間達。そんな、おおよそごくごく一般的な和気あいあいに映り見える運転手達のシマ。そのシマの中に一人だけ、言ってみれば異彩を放って一味どころか二味位違う男が、何故だかその場のアクセントみたいな立ち位置に、ヒヨコナンと入り交じっている。雰囲気だけで言うと、役者河村大樹《かわむらだいき》の若い頃みたいだ。その男は風体身なりからして恐らく、四十代前半の自営業自由業フリーランス。その辺りであろうか、何やら運転手達に向ってひたすら熱心に、懇願しているようではある。

この男が今回の物語の主人公、広川太一。常識的な普通通常の、トラックドライバーに適した機能性重視の作業着姿からは程遠い身なり出で立ちで、いささか怪しげな雰囲気さえ醸し出している。さらに小物入れも持っておらず、何処か不自然な手ブラ状態。…であるからして恐らく、この時間帯にはそれほど多くはないが、マイカー自家用車等を利用している普通一般の運転手なのではないか。そう推察出来る。しかし、到底とてもとてもとても、大型車両専門の職業ドライバーの方向へとは推理力想像力が立ち向き行かぬ、サファリコートにチノパン姿。その上、あまり似合っているとは世辞にも言えないグレーのハンチングを、ポンと頭に乗せている。そんなハンチング広川が両手を合わせて、まるで拝むようにして周囲の運転手達に、何やらひたすら真剣に頼み込んでいる…。そういう様子状況なのである。

「とにかく、とにかく、とにかく、お願いしますよ」

ひたすら真摯真面目な低姿勢に、少しジレたようにそこにいた運転手等の紅一点、女性ドライバーが口を開いた。やや、不真面目そうなハスっぽいふざけた口調が、彼女の特徴ではあるようだ。少しだけ役者の加倉井夏子に似ている。

「そんなに言うのなら、あなた、乗せてあげてもいいけれど」

誘うようにクネクネ身体をヨジらせながら、それも、広川は自身のアゴを触られながら、そのクネクネ女に、当然からかい半分なのだろうが、そんなふうに際どく迫られていた。アラフォー少々世辞含みの三十代、というおおよその年齢が見込まれる。特段若くはないものの整った容姿であり、どうやら運転手仲間には人気の女性ドライバーのようだ。しかし広川太一はと言えば、そのクネクネした容姿や態度がどうにも苦手であった。前向き積極的な姿勢が何故だか取りづらかった。腰が引けた広川をヤジ飛ばすかのように、周囲の運転手仲間達からはヤンヤヤンヤの冷やかし喝采が、至る所から生じている。…と、ロヒゲの運転手がそこに割って入って来て、女ドライバークネクネを、無理矢理制するようにして大声で言い放った。

「あんたな、何をやっとるのや。こんな野郎に向っててよぉ」

「ああら、あらあら、何が、何が？」

クネクネ女とヒゲは近しい顔見知りのようである。同じ運送会社関連のドライバー同士なのかも知れない。

「コヤツはな、どう見ても普通のドライバー仲間とはちゃうやろ。…ったく」

そう言うとヒゲは広川を、ハスからジロリとナメ上げた。そして、その横にいた関西弁の運転手が、ヒゲの胸中をさらに代弁するかのように割って入った。まさに隣組知り合い同士の連携プレー、といった状況である。

「そやそや。訳の解らんヤッチャなあ。コヤツな、信用デケへんで。何処の誰とも解らんウマの骨やしな」

広川太一はそれを聞いて、かなりの程度慌てふためいた。気分が焦ってしまい身体が斜めに傾きそうで、心がちゃんと落ち着いて座していられなかった。

「ウマの骨だなんて、そそそ、そんなことを言わないで…」

やや離れた席でラーメンをすすっていた先程の男が再びムセて、今度は周囲の者にドツかれている。そんな、まるでコメディアンみたいなラーメン男に一瞬目線を送りながらも、関西弁は居丈高に話し続けた。

「あんた、ホンマに解らんやっちゃな。俺達のトレーラーなんかよりもなあ、バスに乗ったらどうなんや、バスによお」

当り前である。それは、誰が考えても常識的な戒めの文句に思われた。

「お寒いさなかによお。あんたな、高速道路のパーキングエリアでヒッチハイクって、まるでコントみたいな話をするんじゃやねえよ」

確かに、口ヒゲの言う通りだった。十二月初旬の深夜真夜中にはありえない、無謀で非常識な冗談みたいなこのハンチング男、広川太一の行動ではあった。しかしこの広川は、何とか自分の一見異常にも感じられる行動の理由とか原因を、細かく噛んで含めて、周囲の者にきっちりと解って貰わなくてはならなかった。何故ならば、すでに話題に出て来たバスを含めての帰る手立てを、広川がまるで持ち合わせてはいなかったからだ。その上、まさかまさかの、ノーマネーにノースマホ、おまけにダメ押しノーカード。アウト、である。

「あの…ですねえ、私がこんなところでこんな真夜中に、漫談だのコントだのお笑いだの…。私はシロウトですよ、シロウト。私がそんな芸能人みたいなことを…。しようとする筈がないでしょう」

広川がいくら熱心に真剣にそう言い張っても、ヒゲはまるで納得しようとはしなかった。

「そうは言ってもよぉ、真夜中に高速のパーキングエリアでヒッチハイクなんざ、ワニが木登りしているようなモンだろうが。ふざけるんじゃあねえぞ。どう考えたってよぉ、納得が行かねえだろうよ、納得がよぉ」

「そうよねえ。納得の行く説明をして貰いたいモンだわよねえ」

クネクネ女も間を空けずにそう言って、同調した。どうも広川太一は、女ドライバークネクネに機先を制され、深刻な局面に水をピシャッと差されてしまい、言うならば、苦手山ダメ男、になり果ててしまう。

「あの…。おっしゃることも、ごもっともなことで…。しかし…」

「あんたなあ、しかしもカカシも無いぞ」

ヒゲは相も変わらず高飛車で高姿勢だ。これが普段通り通常通りの語り口なのだろう。

「でもさあ、確かに訳が解らない変な頼みだとは思うけれどさあ、理由だけは、ちゃんと聞いてあげてもいいんじゃあないかしら？　そもそもこの時間、車なしにこのパーキングにいるってこと自体が不自然でしょ。理由を聞きたいわさ」

そんな話を聞いていてさらに深く推察するに、何とハンチング広川太一は、普通の自家用車でやって来たドライバーでもないのか…。つまり、車が、無い…。それではここまでどうやって…。タクシーか…。いやいや、タクシーならそのまま乗り続ければいい訳で、運転手が逃げ去る由もない。無賃乗車なら警察沙汰になっている筈だ。そして眼の前のハンチングは、冬のバイク利用者の服装でもない。

さらに、エリア従業員なら身分証なりネームカードなりを下げている筈。また一部の大規模サービスエリアでは、一般民間人も徒歩入構出来て買物等をして楽しめるらしい。だが、何もないこの白松ＰＡ、パーキングエリアに、それもこんな真夜中に軽食の自販機でわざわざ買い物、というのも納得出来ない…。怪しい…。

「理由を聞きたいって、相手が好みのヤサ男だと、あんさん、優しいこっちゃなあ」

「あぁら、あらあら。それって、いわゆるジェラシー？」

ジェラシーと言われて関西弁が怒った。

「じゃかしぃ。ふざけるんじゃあねえぞ。こんなダンシャクイモみたいな奴と俺をなぁ、一緒クタにするんじゃあねえ」

「ダ、ダンシャクイモ…」

それはどんな容貌様相に対する比喩なのだろうか。自分では多少なりとも、エプロンを付けたスーパーセイヨー安売りチラシの男性モデル役位なら出来るだろうと、自負している。そんな広川太一は、ダンシャクイモと言われて絶句した…。ダンシャクイモ…。ケージー岡峰みたいな？　それとも沢谷角蔵とか西谷敏明みたいな？　そして、そんな広川や口ヒゲ達の言い争いに気づいて、距離のあるテーブル席に着いて座して、各々めいめい様々な用を足していた運転手仲間達。彼等も三々五々、言い争いの輪の傍に、にじり寄って来たりして…。そんなふうにして徐々に徐々に、話の輪がだんだんとさらに大きくかつ大袈裟になって来た。その輪の端に掛かったテーブルでは、先程のコメディアンみたいなラーメン男が今度は咳き込んで、またもや口元からラーメンカスを飛ばしている。周囲にいた仲間からは、再び非難ゴウゴウの風と嵐がブンブンと吹きまくっている。…そんな状況が見て取れた広川は、主演を張っているラーメン男を見るにつけ、実際あまりにもコントや喜劇みたいで実にわざとらしいなと、頭の隅でその時確かに感じ取ってはいた。そうは言うものの広川の方も、自分のことで手一杯かつ精一杯。正直心根は、そんなコントみたいなラーメン男の食べカスどころではなかった。

「まあまあ。皆さん、落ち着きましょう。落ち着いて落ち着いて。このように夜も更けて来ましたことですし…。ゆっくり深呼吸でもしてみましょうか。そして、それに続けてラジオ体操第一でもいたしましょうか、ねえ皆さん。勿論体操の方は、それはそれは第二の方でも構わないんですよ…。体操をすればお通じも良くなるし…」

話をちゃんと聞いて貰うべく、場を和ませる為にと発した、広川太一のそんなジョーク交じりの体操発言。そんな冗談台詞に、今度は聞いていた口ヒゲの方が頭に来た。狙いを外してしまった完全完璧な逆効果である。

「テメエ、うるせえ。ふざけるんじゃねえぞ。何がラジオ体操第一じゃい」

「ですから、第二でも構わないって…」

「そういう問題じゃあねえだろ。そもそもだいたい元はと言えば、テメエが原因なんだぞ、テメエの存在自体がよお。何が、お通じじゃ」

どうも、からかわれたと感じたようである。

「私には別にそんな大それた悪気なんかは、これっぽっちもカケラほども、持ち合わせてはいない訳でありまして。これ、本当の本当なんですよ」

「もう、ええがな。こんな漫談崩れはホカしといて、行かへんか」

関西弁は明らかに、嫌気がさしていた。そして、そんな関西弁に同調して、そうだそうだ行こう行こうと言いつつ、興味心で輪を作っていた一団が今度は一転して、三々五々解散し始めた。時計はすでに漆黒闇の中、未明午前の零時半を廻っている。

「ま、待ってください！」

広川は慌てていた。心臓の動悸がヤケに強く、連続除夜の鐘みたいに高鳴っていた。

「そんなことを言わずに、どなたか、どなたか…。とにかく車に乗せてくださいな。この広川のお願い、どうぞ真面目に聞いてくださいな」

…と、広川必死なまでの懇願姿勢に振り向いたヒゲ男が、ヒラめいたように応じた。

「解ったぞ。テメエ、本州テレビのビックリカメラだろうが」

「えぇ？　ビックリ…」

突然何を言っているのかと広川は驚いたし、はなはだ心外であった。ビックリカメラとは、あるタレントが、本人には秘密裏に事前に設定してある計画にハメられて、四苦八苦する処を収録放送する…。そんなバラエティー番組の一つで、各局短い尺でかなりの高視聴率を稼いでいるものもあるらしい。

「そうか、テメエ、放送局だろ放送局。だったら隠しカメラだってあるだろうが」

その「隠しカメラ」という言葉に、運転手達が周囲周辺をキョロキョロと見廻し始めた。

「ケッ。テレビ関係者なら、何かまともな芸でもしてみんかい、まともな芸でもよぉ」

関西弁は、何故か相当にテレビ局を嫌悪している様相だ。そして、テレビ放送関係者と出演芸能人の区別分別も、到底殆ど出来てはいない模様だ。しかしこの程度のアバウトな感覚が、一般民間視聴者のおおよその代表的な思考具合なのかも知れない。

「あなたねえ、見当違いですよ、見当違いもはなはだ。私はねえ、ただ単にバスに乗り損ねただけなんですよ」

この発言で、話を聞きかじっていた運転手達も、怪しかった広川の立場と目的を一応、はっきりと認識出来たようではある。だが広川のこの発言、バスに乗り損ねたというクダリは、後に述べるが実際本当のところは…。これについては数ページ後を参照。ここでは…。

「お願いですから。どなたか私を東京まで。そうでなければ私は、ここで朝までヒモジイ思いをして、放射冷却のお寒いさなかをジッと留まっていなければなりません。考えてもみてくださいよ。万の万の万が一、私が凍《こご》え死んだりしたならば、明日のテレビラジオの全国ニュースで、かわいそうな一般市民を見殺しにしたトラックドライバー達…」

「う、う、うるせえ！　ふざけるんじゃねえぞ」

確かに、ここ白松パーキングエリアの真夜中には、大規模サービスエリアのような本格的レストランとか喫茶店、ましてや宿泊設備や銭湯などは皆無であった。まさにトイレ、休憩、眠気覚ましという三点セットのみの、シンプルな備え付けなのだ。しかしそういうシンプルなＰＡにこの時間帯、おおよそ五十人からのドライバー達が、同時に一つのシマを作って休憩の為に大挙押し寄せている…。そんな現象も後々考えれば、疑問と言えば疑問であった。ドライバー達のたまり場にでもなっているのだろうか。

「あのなあ、あんたが寒かろうと暑かろうと、俺達の知ったことかっちゅうねん」

「私達の車はさ、危険物をダッコしてるのよ。あれ、トレーラーね。見えるでしょ」

クネクネが言った通り、休憩所の窓外には数台、大型運搬トレーラーが肩を並べるようにして停車しているのが見える。広川はそれを見て反射的に応じ…。

「見えます、見えます。どれも、デカいですねえ」

「おい…。デカくねえトレーラーがあるって言うのかよ、テメエは」

そんなふうにタイミングよく、段取りでもしてあるかのように、再びヒゲが割って入って来た。だから…。

「あのですねえ、それは、モノの言いよう、表現の仕方、言葉のアヤっていうモンでしょう。表現の自由は、ここ、パーキングエリアにいる私にだって、コンプライアンス…」

「ねえねえ、そんな訳の解んないことはどうでもいいから。あんた、あんなトレーラーでもいいって言うの？」

クネクネが自分達のトレーラーを指差しつつ、まるでダンスでもするかのようにして、そのように尋ねて来た。

「もはやこの際この期に及んで、車を選んでいる場合じゃありませんから。何でもグーでオッケー、感謝サンキューベリマッチョですよ」

それが、帰る足のない広川の本音であった。

「それでもなあ、あんた。解らんわなあ。どうしてバスが、用足しで降りたあんたを待たずに、さっさと出発してしもたんや。あまりにも殺生やないかい。そやから、ビックリカメラっちゅう考えが出て来るのやないかい」

広川太一はドライバー達には、バスに乗り損ねたとか、バスが勝手に行ってしまったんだとか、そのように説明してはいた。しかし本当のところは…。本当の内容はと言うと、正直言って万人には通じないかも知れないような、あやふやな説明でしかない。そうではあるのだけれども…。先程はお待たせしました。広川の本音本心…。

『実は自分でもはっきりとはしないのだが、自分はどうもバスに乗り遅れたような気がする、何となく…』

そんな言い訳が、広川自身の今の心の内を、一番正直に表現した正解なのだ。だがそれをそのまま、ドライバー達に吐露してしまう訳にはいかないと思う。何やこいつは、と敬遠され逃げられてしまう可能性もある。ふざけるんじゃないと喧嘩になる可能性だって…。だからバスが勝手に行ってしまったんだという、まるで自信の無い当て推量出任せの言い訳を通すことにしていた…。

そしてそんな広川を、なかなか信用してくれそうにない関西弁を始めとする運転手達に、今度は広川の方が多少イラつき、ジレ始めていた。確かにそれほど第三者には実際のところ、事の内容を理解して貰いづらい、難儀な展開ではあった。

「あのですねえ、バスがどうして勝手に出発したかなんてねえ、そんなことはですねえ、行っちまったロケバスのタイヤかバンパーか、エンジンか運ちゃんに聞いてみてくださいよ」

広川の冗談交じりを聞いた関西弁が、血相を変えて今にも言い返して来そうである。因みに広川が「バス」の部分を「ロケバス」と言い換えたのも確証はなく、何となくそんな感じがするというだけのいい加減な、言わば広川の出任せに過ぎないのである。

「テメエ、おんどりゃあ、おちょくっとるんかい」

「何ですか？　オンドリ、ですか？」

「オンドリ…。テ、テメエ、ふざけるんじゃねえぞ」

おんどりゃあ、というのは多分、中国地方辺りの方言で、お前なあ、位の感じだろう。そして広川は、やや調子に乗り過ぎたかなと、慌てて軌道修正しようと躍起になった。

「あの…、そんな皆さんをオンドリ、いえいえ、おちょくるなんてことは万が一にもございませんし、百%ありえません」

仕方がないので無理矢理信じて貰えそうな方向に、話のスジを摺り寄せていった。

「トイレに入っている間に、バスを見失なっちゃったんです。個室を利用していたもので。水の出が悪くて参っちまいましたよ。このエリアは現在夜間が節水月間らしくって」

「この際、便所の水の出が良いか悪いかなんて、全く関係あらへんやろが」

「それはそうですが…」

もう少し信憑性の高い話にしないと、まるで信じては貰えないのだろうか…。

「バカタレが。ふざけるんやないで」

ヒゲや関西弁と広川の言い争いを、横で聞いていた女ドライバークネクネは、なるほどねえ、と他のドライバー達よりも広川の悲惨な状況を、多少なりとも理解しようと努力してくれている風ではあった。

「無惨よねえ。置き去り、か。とにかく結局のところはさ、仲間に体よく見捨てられちゃったって、そういう訳なのよねえ」

「平たく言えばその通りでして。面目ありませんが…」

「何が平たく言えばや。角ばって言ったたって、その通りやないかい」

広川は少しでもいいから、自分の惨めな現状が何故どうして生じてしまったのか、自分の名誉の為にもきちんと説明しておきたかった。だから、その日の出来事をさらに頭中で反芻《はんすう》し、思い出しながら弁明を試みようとしていた。記憶があまりにペラペラで薄くてぼやけていて、はっきりとした枠組みまでは思い出せない。だがこの際、自分がプロのカメラマンであるという設定で、とにかく即席の作り話をでっちあげようと試みていた。それは…。カメラを扱って景色を記録するような自分の姿が、フラッシュバックみたいにして一瞬、広川の脳裏を過《よぎ》ったからであった。

「考えてみれば今日なんか、ブラッと気紛れに写真を撮りに、ロケ現場から消えちゃうなんてことを、私、撮影時間内に二度ほどやっています。だからバスの仲間達も、アイツまだ帰っていないよと待ってくれはしなかったのでしょう。そもそも大人数でしたから、いないことに気づかれなかったたってことも、可能性としては…」

まあそんなことは、常識的には絶対にあり得ないとは思うが、意外にもそれを聞いていたヒゲや関西弁は、ある程度は納得したという表情で、広川を眺めていた。何故か今度は深く追及しては来なかった。きつく追及しても、バカバカしくて意味がないと感じたのかも知れない。

「なるほどねえ。そういうこと。それじゃあ、あんたはまさにオオカミ少年だったってことじゃないの」

そう言うクネクネに、ヒゲが付け加えた。

「そうさな。オオカミ少年と言うよりも、オオカミ中年。オオカミオッサンの芸術家モドキ、ってやつか？」

それを聞いていた広川太一が、ややムッと上気して口先で勇ましく対抗して…。

「どうせなら、お世辞でも、有能で優秀なプロの写真家と言っていただきたい」

確かに手ブラながらも、写真を撮り続けていたのだという、心に通じる微感覚が両掌に薄く残っている。…ような気がする。

「何が有能で優秀や。冗談世間に晒《さら》すな。考えてみぃや。世辞にもちゃんとした芸術家には、見えへんがな」

広川は思わず、自分の姿をアゴを引いて眺め下ろしてみた。自分自身が見て評価しても、一見疲れた労務者風の出で立ちで、確かにどう見ても、芸術家風と言えるような創作を連想させる風体には、程がかなり遠かった。

「車に乗せたはいいがよお、突然暴れられて、身ぐるみ剥がされでもしたら割に合わんがな。ああアホくさ」

必死の広川は、関西弁のそのヤリナゲ、否、投げやりな言葉への対抗手段として、有効な対策を思いついた。

「そうだ。名刺があります」

名刺があるということを、咄嗟に運転手達に思い込ませようとしたのだ。ハッタリである。広川は自分のジャケットのポケットからズボンのポケットに至るまで、細大漏らさずくまなく探すフリをしていた。…が、そんな物が出て来る由もない。逆にその際の広川は、探す演技の中で、自分が本当に全く何も持ち合わせていないのだという事実現実に、はっきりと明確に接する。…この上なく深刻な事態を、明白に身をもって知って把握することとなり、結果失望し、余計に慌てふためいていた。

「確か、名刺入れはバッグの中に入ったままなんです。でも胸ポケットの中に一枚だけ小銭入れと一緒に、古い名刺を入れたままにしていた筈なんですが…」

「どういう名刺なんや」

関西弁の問いに、広川はまたもや取り敢えずの出任せで応じた。

「フリーカメラマン、広川太一です」

「広川太一さんかよ。フリーのカメラマンねえ。商売道具を持たねえ、手ぶらのカメラ屋とは恐れ入るぜ。カメラを持たないカメラマンかよ」

広川はそう言われ、それもそうだな、変だよな、疑われて当然だよなと自分自身で納得しながらも、抗弁に躍起となっていた。

「カメラから身分証明から財布から全部丸ごとそっくりと、ロケバスの中に置いて来ちまったんですよ」

「マジ、アホかよ」

自分の即席アドリブの作り話が、広川には何故か全部、本当のような気がして来た。何故なら、意図してもいないのに次から次へと脈絡が通じる方向へと、話のスジが取り敢えず、頭の中に出来上がっていく訳であって…。

「シブリ腹だったので、かなり慌てていて…」

何か実に感覚的には尤もらしく、通じ、…ではなく通りがよくて、あたかも本当に実在した事柄のようではあった。もしかしたらだが、それらが本当に正真正銘、全部事実であったのかも知れない…。

「突然マイクロバスが予告も無しに、白松パーキングエリアの駐車場に入ることになって、何故だかまさに、その直前に合わせたように、私の腹の調子がシブって乱れたんですよ」

「テメエがシブっていようとデブっていようと、そんなことはなあ、俺達とは指先ほどの関係もあらへんやろ」

「あの…、異議あり。私はデブッてなんかいません。体脂肪率を計っても年齢相応…」

「ジャカしい。ふざけるんじゃねえ」

先に出たコンプライアンスとか、体脂肪率などという言葉を知っているということは、やはり完全な記憶喪失ではないのかも知れないなと、広川は、自分自身で多少なりとも安堵していた。

「ねえねえねえねえ。だったらさあ、そのロケバスに連絡してみたら？」

女ドライバークネクネがたまらずに、そう提案した。広川太一は当り前に聞こえるその提案に、反論を試みた。何故ならそんなロケバスの連絡先なんか、現実には無い、というか知らない訳であって…。

「簡単に連絡しろなんて言われますがねえ…。たまたま仕事で使ったロケバスですよ。そんなロケバスの運転手の携帯スマホナンバーなんか、解りませんよ」

「それじゃあ、あんたの携帯スマホは？　携帯があれば、知り合いの番号の一つや二つ、登録してあるでしょう？」

「それが…」

広川は、相当に落ち込んでいた。確かに、財布と一緒に携帯スマホも手放すなんて、あり得ない失策である。まったくカケラも、緊急事態を頭の片隅にさえ予測準備していなかったことになる。自分は本当に一体、何処で何をしていたのだろうか？

「携帯スマホも持っていないの？」

再び広川はここでも、ニセの作り話をでっちあげるしかなかった。

「はあ…。カバンの中に。それもバッテリー切れを防ごうと、電源もバスに乗ってからは切ったままでして」

「しようもないやっちゃ」

さすがに、聞いていたヒゲ男の方もジレて来た。

「しかしなあ。いくら最低最悪ドジなテメエでも、今日の仕事の依頼人の連絡先ぐらいは、知っている筈や」

思い返してみても、自分が今日何をしていたのか、まるで解らない藪の中の暗闇なのである。それなのに依頼人、と言ったって…。

「それが…。確かに名刺を貰ったんですが、不思議なんですよねえ。ちゃんと見ないで、フッと財布の中にしまい込んでしまい…」

「あんたそれ、ホントなの？」

クネクネが驚いて、そのように広川の顔を覗き込んで質した。

「どういうのか、スラッと字面《じづら》を見て認識した気になって、ササッとしまい込んだという、いわゆる見込み感覚、というのか…。面目ない…」

「ケッ。そんな名刺も、消えたバスの中に置き忘れで、連絡先も解らねえ、か…」

一応、話のつじつまがかみ合って来てはいたが、当然のことながらドライバー達の疑いの念は、まだまだ消え去ってはいない。それどころか広川の意に反して、疑惑が深まっていくばかりである。

「名刺についてはその通りでして。私の一方的なチョンボです。それも悪いことに、初めての取り引き相手だったんです」

「あんた、仕事の相手先も、ちゃんと覚えていないの？」

さすがのクネクネも、完全に呆れ果ててしまっていた。

「細かいことはすべて、事務に任せているものでして」

言い訳がましいクソまみれ、否、ウソまみれの広川の答弁に、周囲の運転手達は例外なく呆れ果てて、何だこいつはと、さらに強い軽蔑の眼《まなこ》、疑いの視線を向けている。

「あのなあ、仕事の相手先は細かいことじゃあないっちゅうねん」

「確か…、何とか企画とか、何とか計画とか…。それが、よくは覚えていないんだよなあ」

「あんた、アホやないのんか？」

関西弁がダメを押すように言い放った。

「本当に面目ありません」

「ホンマ、スキだらけのボケボケや」

さすがに広川も、そこまで言われてカチンとぶつかったが、自分の立場をわきまえてグッと堪えていた。

「事情が解らないこともないけれどねえ」

「だがよお。運転席はマジな話、完璧に密室だからなあ」

この発言で、ヒゲは見た目と異なり、かなり慎重な性格であることが伺えた。それを見越して広川は尤もらしい説得調で、とにかく少しずつでも、益々深まって来ている疑惑を晴らして説きほぐそうと、努力し続けた。

「あのですねえ、私が運転席で、運転中の皆さんに安易安直に手を出したりしたら、一体誰がその先を運転するんですか。私はトレーラーの運転なんて、とてもとても恐れ多くて。……と言うよりも一般の民間人に、そんなトレーラーの運転なんか、そうやすやすと簡単に出来る筈がないでしょう。あんな大きいのをどうやって幅寄せとか車庫入れとか坂道発進とか…。映画やドラマじゃあないんですから」

「それも、そうよねえ」

聞いていたクネクネが、尤もだとうなずいた。

「時にあんた、運転はどの程度なんや？　運転免許位はあるだろ」

「ええ、財布の中に。…でも、輝くプラチナゴールドスペシャルペーパードライバーでして」

運転についても、普段から定期的に乗っていた、という記憶も感覚もなかったので、そのように冗談交じりにでっちあげた。多分、幅寄せとか坂道発進などという単語を知っているのだから、免許取得はしている筈である。民間の普通の会話の中では一般的に、免許取得しただけで運転機会が無い者のことを「ペーパードライバー」と表現する訳であって…。

「免許はただただ、あるだけなんです。運転も普段から全くやってはいません。まあ、車じゃなくて自転車でしたら、坂道発進だって何とか出来るかも知れないと…」

広川が調子に乗って余分にしゃべった冗談に、聞いていたヒゲがマジに怒った。

「テメエ。ふざけるんじゃねえぞ。高速道路で、誰が自転車に乗れるかって尋ねるよ」

「私は正直に言ったまでですして。ふざけてなんか、おりませんよ。そもそも一般庶民である普通のカメラマンが、大型トレーラーの運転なんか、マジな話出来る訳ないでしょうが」

関西弁はそれを聞いて呆れ果てていた。そしてそんな広川に向って突っかかって…。

「あんた、自分が普通のカメラマンだと思うとるんか。常識っちゅうモンがあるやろ、常識っちゅうモンが。あんたすでに、その常識っちゅうモンから大きく外れているのやで。そこからまず考え直さなアカンよ」

「そう言われても仕方がありませんが…」

広川は、全く返す術を持ち合わせていなかった。そればかりか、自分もすでに関西弁が主張するそんな意見と、恥ずかしながらも全くの同意であった。

「この業界も、信用第一なのよね。広川さん、だったっけ。勘弁してよね」

「夜明けには霜が降りて冷たいだろうなぁ…。かわいそうな一般市民がトラックドライバーに置き去りにされて、無念の凍死…」

「ウルセエんだよ。トラックジャックされでもしたら、かなわんしな」

またまたヒゲが慎重発言を繰り返した。そして、運転手達に合わせていた広川も、とうとう嫌気が差して…。

「あなたねえ。善良な市民である私がトラックジャック…。トラックジャックはないでしょうよ、トラックジャックは。バカバカしい」

「バカバカしいとは何や。もう一度言うてみんかい！　このアホンダラ」

「そもそも第一、あなた達を襲うほど、私は相手に困っちゃいませんよ」

「何やて！」

本格的に怒り出した関西弁に、広川はややたじろいで後退りした。この期に及んでもう、ヒッチハイクを頼むのは無理かもしれないなと、心の片隅で考え、諦め始めていた。その視線の矢先で、女ドライバークネクネが関西弁をなだめている。そうかと思えば、そのクネクネが今度は向きを変えて、急に広川に迫って来た。これは何だ何だと、広川はさらに後退りして身構えた。そして…。

「わわわ、私だって、襲う相手位は選びたい」

広川太一は、ついつい口に出してしまったその正直な一言で、とうとうクネクネまでをも怒らせてしまった。最悪の展開が巡って来た。

「あんたねえ、私に向ってねえ。私に向って、何ですって？」

「テメエ。ふざけやがって、この野郎」

「やってやろうやないケ」

とうとう、三人対広川という構図が完全に出来上がってしまい、周囲の運転手達も俄然面白がって囃《はや》し立てている。収拾が着かなくなり、もはやお手上げの状態になり果てている。なす術は何も無いと、広川が完全に諦めかけていた矢先、広川の周囲に拡がる運転手達の輪の中から突然、クネクネとは異なる別の女性運転手が、前に歩み出て来た。その女は、運転手達の輪と、その輪の中心に陣取る孤立した広川太一の間に入って来て、スックと立ち止まった。トラックドライバーにふさわしいありふれた紺色の作業着上下。そうではあるものの、アスリートみたいな細身の身体の線が、蛍光灯の少し疲れた橙色がかった照明の、緩い光線の束に浮き上がる。そして、その鈍い明るさに反比例して、逆に眩しく強く打ち染まっている。…そんな光の中に現れた、鼻筋の通った奇麗な細身の女…。気持ち、役者の七尾光《ななおみつ》江《え》に似ている。

「モメごとは、そこまでにしなよ」

目の前にいた口ヒゲ男よりも長身で、女から見下ろされる形となり、ヒゲのカラ元気に俄然拍車が掛かった。

「ジャカシイ！　訳の解らんオナゴは、黙っとらんかい」

ヒゲが背伸びして顔をその女に近づけようとしたが、それでもまだ隙間間隔が相当残っている。ヒゲは続けて拳を見せて威嚇した。…と、細身女は素早くほんの一瞬の間に、喰ってかかるそんなヒゲ男の腕を、いとも簡単に締め上げてしまったのだ。ざわついていた運転手仲間達が一斉に引いて、息を呑んだ。

「黙っとらんかいって言われたから、私はおとなしく、口の方は出さないでおくわね」

きっと何らかの鍛錬を続けており、頑強なハガネの身体と屈強な体力を維持している女に違いない。

「ここ、この馬鹿力女め」

痛そうに言葉を絞るヒゲ男と、悠然と余裕で腕に力を加える細身女、という構図である。力や技の明白な格差に、術もなくどうしようもなく、ただただ痛がっているヒゲ男、という状況。そして、そんなふうに優劣のついた二人を見眺めつつ、この出来事の行く末が一体どのように展開していくのだろうかと、心配になって来た運転手達と、そんなトラブル渦中の原因当事者、広川太一…。

「このカメラマンは私が預かるよ」

細身女のその一言に、今度は広川が、「えぇえ?」っと驚きおののいた。

「誰か文句あるかい?」

細身女の大きな叫び声に、ドライバー達は例外なく腰をかがめて頭を下げる。そして、あたかも子分達が眼の前の親分に対するみたいに、いいえいいえどうぞどうぞと、中腰で細身女から視線を外しつつ、広川太一の方向に掌と腕を合わせ伸ばして、さらに一同きつい顔表情で、広川を睨みつけた。すべての重荷が広川に掛かって来たような感覚であった。断ろうにも、断る状態ではないし断れる場面ではないし雰囲気でもないし状況でもないし…。何でこうなるのか…。こ、怖い…。おびえて複雑そうに震えまくる本音の表情を、広川はいつまでもいつまでも、ドライバー達の前に曝《さら》していた。

第二章――震える助手席

「あの…、くれぐれもくれぐれも、安全運転でお願いしますよ、安全運転で」

　恐ろしさで心が極まっていた。広川太一は結局、トレーラーの助手席スミにヒョコナンと小さく座り納まっている。車両は大型ではあるものの、側面には会社ロゴも施されてはいない、地味な珍しいブラウン系。大型車両なのだが、広川にとって精神的には限りなく窮屈であった。運転席のドライバーは勿論のこと言うまでもない、先程の七尾光江に似ている馬鹿力細身女だ。白松パーキングエリアの休憩所での出来事。細身女のヒゲ男に対する桁違いのウルトラ馬鹿力を、広川はあの時モロに、眼前に曝されてしまった。それが原因で、広川の心筋は滅法萎縮のしっ放し。細身が運転するトレーラーに乗ることだけは嫌だ嫌です遠慮しますと、心に真っ正直な本音の言葉を声に出して吐露することさえ、まともには出来なかった。いや、白松ＰＡにいた時にはこの女の馬鹿力を目にして、口元さえ自由に動かぬほど、異様に怯え震えていた。本当にこの女は人間なのだろうか？　…特異な雰囲気が、広川の心持ちを十二分に凍らせ、こわばらせていた。そしてそんな状況を、それ以降はいくら時計の針が進んでも、ずっとそのまま引き摺っていた。それで広川はトレーラーの助手席、それも左側ドア近くの片隅で、壁際に放置された場違いなぬいぐるみ人形みたいに、小さくうずくまっている。言葉を換えれば、おっかなびっくりその場にお邪魔しているという、そんな構図そんな状況に、広川太一はズッポリと納まってしまっていた。

「どど、道路が、まるで滑走路みたいですね」

細身は、すぐには返答しては来なかった。狭い空間での沈黙が、広川の心をギチギチと無情に刺して来る。そしてそんな細身、七尾光江の冷徹な物腰や雰囲気は、まるであたかも広川を試しているかのようであった。トレーラーのフロントウインドウは構えが高くて広角で、走行車線の白いラインが真っ直ぐに伸びて見える。その光景はちょうど、飛行機の助走滑走のように、あたかも今にも飛び立って行きそうな錯覚さえ、誘発して襲って来る。これが広い昼間の、ひらけた景色が目に入る明るい時間帯ならまだしも、まさに暗黒の閉じた闇間の時間帯には、実際のところ「滑走路」しか視界には入って来ない。だから尚更そのように感じてしまうのである。

「滑走路、ねえ…。それならちょっと、上がってみようか」

何を思ったのか細身はそう言うなり、急にトレーラーのスピードを上げて、眼前の暗闇の中へと無理矢理、車体を押し進めようとした。そうなのだ。夜間の高速道路では、場所によっては、予想外想定外に照明を落としてある箇所が、多々多数存在する。だからして山中を走り抜ける場所地域の中には、己のヘッドランプのみが唯一有効な道標となる局面もある。暗がりが主役。そこへ楔《クサビ》のように鋭く分け入ろうとする、ヘッドライトの光束…。ちょうど懐中電灯で、荒れた廃墟の内部に無理矢理進み入るような心境だろう。

「ちょ、ちょっと！　いいですから、もういいですから、無理してスピードを上げて走ろうとしなくても。そもそもですねえ、飛行機の離陸じゃあないんですから、そんな…。それよりもですよ、くれぐれもくれぐれも、安全運転でお願いしますよ、安全運転で」

細身女は溜息を重く一つ吐くと、ハイビームパッシングで数回、ヘッドライトラインを持ち上げインサートして、遠方まで道路進行方向前方を視認確認した。そして、その直後から速度を保って走行し出した。暗闇の中に動物が紛れていないかを確認した模様である。何しろ高速道路によっては、猿や熊、鹿イノシシ等が描かれた動物出現警戒の道路標識。そんな標識が何本も連続して出て来るような、微妙な地域も確かに存在している訳であり…。

「何処まで？」

細身が、ボソッとそのように口にした。一刻も早く下車したかった広川は気を取り直し、細身のそんな問いにも割り切って即座に応じて…。

「とにかく、とにかく東京のエリアに入る迄でいいですので、どうぞよろしくお願いします」

「それは当り前のことでしょうが」

そう言うと細身は、広川をヤケにきつくギロッと睨んだ。

「なな、何ですか、そのきつい眼差し…。？…。私、何かマズいことでも言いましたか？」

「東京のエリアって、東京に向っているんだから当り前でしょうが。東京の何処？」

広川は心臓が高鳴り脈動が異様にざわめき、生きた心地がしなかった。ここでも連続、除夜の、鐘…。

「何処でも構いませんので。東京にさえ入ったら…。多少不便でも構いませんから」

「それなら、首都高に入る手前で降りて貰うわ。そこまではもう、停まる予定がないから」

恐らく、首都高速に入る手前のランプで降りるとすれば、そこまでには距離表示から逆算して、まだ小一時間余りかそれ以上は要するだろう。完璧な明け方夜明け族となってしまうのは、仕方のない成りゆきである。

「お礼は後ほど日を改めて、充分、存分にさせていただきますので。はい」

「そんなことは、別にいいんだよ、そんなことは…」

細身女の口調は、ことのほか意味深長だった。…と言うよりも、その部分だけ勢いがやけに緩くて、言葉が細かった…。そう表現してもいいほど、気弱に聞こえる声の質ではあった。

「お礼はいいんだよって言われましても、それに甘える訳には…。ここは大人の対応が必要でしょう。でも今の私はお礼が出来ないんですよ。ホントにこの身体一本だけしか、今は手持ちが無いものでして。世間一般に言う、着の身着のまま一文無しのスッカラカン」

事実を話した広川の、その言葉を耳にした際の細身女。その彼女の仕種が、広川にはほんの一瞬、映像の一コマが抜け落ちたように不自然に停止したような気がした。そしておもむろに…。

「身体、ねえ…。そうねえ、その身体で運賃を支払ってみる？」

そう言うと細身女は、ジロッとハスから広川を睨みつけて、鋭く圧を掛け威嚇した。そしてその圧をモロに受けた広川太一は、すこぶる、すこぶる、気持ちが悪かった…。

「わわわ…、私の身体なんてねえ、一文の値打ちにもなりませんよ」

「それは、どうかしらねえ」

意味深長でニヒルな細身女のセリフに、広川は忖度《そんたく》して応えようとした。

「あの…。どうかしらねえって、もしかして…。着ている服を何とかしろということですか？」

何を考えているの、という軽蔑の一瞥《いちべつ》を投げつつ、細身女七尾光江は運転を続けた。

「古着屋に持って行こうにも、パンツイッチョじゃ行けません。替えの服とかTシャツとか作業着とか、何かありませんか、女物じゃないヤツ。流石に私が女物じゃあ…。そもそもここは夜中の高速道…」

「誰もそんなことは言っていない！」

「そ、それじゃあ…」

細身女が狙っているのは、もしかしたら…。

「価値がないなんて、あなたが自分で値踏みすることじゃあないでしょう」

射るような細身女の視線に抵抗して、広川は必死に、首を左右に細かく何度も何度も振って、身体をのけぞらせて、嫌がる姿勢を精一杯に表現した。値踏み…。

「ちゃんと、ランプの手前で停まって、降ろして貰えるんでしょうねえ」

因みに「ランプ」とは、高速道と一般道の繋ぎ目道路の部分である。

「カースタントでもやりたいなら、停まること無しに飛び降りてみるのも、可能だけれど」

「いいえ、いいえ、いいえ。そんな…。とんでもないことで。それだけは固く、固く、遠慮しておきます。そもそも、そんなことをすれば道路交通法違反で…」

「そういう問題じゃあ、ない！」

そのような広川必死の、言葉での細身女との応酬の後、車内には、やや気まずい沈黙の隙間風が、微妙に漂い流れていた。…無言の間。トレーラーの両側タイヤがゴーゴーと軋《きし》む音のみ、規則的に連動連続して運転席に響いている…。車線変更も頻繁に行う必要がないほど車両は数が限られ空いているので、その軋み音は、特段すこぶる耳に当て障るほどの雑音ではない。油断をすれば普段普通の状況下にあるならば、心地よい睡魔とか眠気さえ生じてしまう可能性のある、単調な車両走行音の部類に違いない。だがその際の広川太一は、眠気などという安寧な心持ちとは大きくかけ離れて、緊迫緊張のしっ放し。心を硬く構え続けて、緊張の極みに達していた。頭の芯はずっと、強く鋭い針の刺激を浴びていた。

「あの…。あなたのお名前は？」

すぐには細身女の返答がなかったので、広川太一はついつい調子に乗り、場を和ませようと頑張ってしまい…。

「あなたのお名前、なんちゅうの？」

細身がギロッと広川を睨んだので、広川は慌てて、視線を前方のウインドウに反らした。やはり、この期に及んで冗談で雰囲気を和らげるという策は、場違いとしか言いようのない、間の抜けた愚策なのか。しかし…。

「飛行機野郎とでもしておいて」

その時の細身女は怒ってはいなかった。だが良かったとホッとして安心が拡がった反面、広川には意味が今一つ呑み込めなかった。飛行、機、やろ…、飛行機、やろ…。そうか、関西弁か。いや待てよ。細身が使っている言葉は、ほぼほぼ標準語だし…。ああ、そうか…。

「なるほど。ヒコウ・キヤロさん、ですか。最近では世界中からの人材が、日本に集まりますからねえ。日本語お上手ですよねえ。お国は、どちらですか？　就労ビザは…。まさかの観光ビザではありませんよねえ。アサクサ？　フジヤマ？　それともまさかまさかの学生ビザでのアルバイト…」

すると、細身が憮然として反論した。

「よく耳を立てて聞きなさい。私はねえ、飛行機野郎よ、「飛行機野郎」

「耳を立てるって、私はオオカミじゃあないんですから、キヤロさん」

細身は続けて反論した。

「私は、キヤロなんて名前ではない」

広川は、細身女をまさかのホソミさんとも呼べないので、キヤロさんと咄嗟に口に出してしまったのである。他意は無かった。残念なことにその時にはまだ、役者七尾光江の存在が、広川の記憶ファイルには載っておらずに遠く、「ナナミツさん」の線はない。それじゃあ…、とさらに本名を尋ねようと口を開いた途端、広川はグイと鋭く細身に睨まれたので、そこはそのまま控えておいた。

「まあまあまあ、あなた、いいじゃないですか、キヤロさんでも何でも。それで解ればいいじゃないですか」

その場においては取り敢えず、細身女が「キャロではない」と声に出して、猛然と反論して来た。だから広川は少しだけだが、キャロとの精神的な距離が縮まって来たなと、そういう心持ちにまで何となく辿り着いていた。しかしそれでも広川はいまだに、トレーラーの中では助手席側のドアベッタリに、へばり付いている。

「あんたねえ、冗談を口走っている元気があるのなら、ほっぽり出すからね。飛行機・野郎よ、飛行機・野郎」

飛行機好きや航空業界関係者を指して言う、その語句「飛行機野郎」。それを前段階での話の展開から連想して、広川が、全く頭に思い描けていないという訳ではなかった。何故ならヤケに、暗闇に伸びる真っ直ぐな高速道路面と車線のホワイトラインの様子が、飛行場の直線滑走路に酷似していたから。…と言うのか、そっくりそのままだったから。…がしかしされどだけれども、その視感による連想の容易さ、し易さを割り引いて考えたとしても、どうしたってトレーラーの運転手と飛行機の操縦士の、二刀流連立二本立て。その二つを直線の線分で結びつけるというのは完璧ムリ筋の、所謂世間で言う出来ない相談ではあった。

「ああ、なるほど。飛行機野郎ですか。飛行機野郎、ねえ。何か、いわくインネンでもあるんですか。飛行機野郎…、ねえ…」

やはりどう考え直してみても、トレーラー運転手である細身女が「飛行機野郎」であるのは、一方的な強引ムリ筋に思えてくる訳であって…。

「何か文句でもあるって言うの？」

「いいえいいえ、そんな…。ただ、キヤロさんに質問が少々ありまして」

「質問なんて…。学校じゃないんだから。…質問なら簡潔明瞭にしなさいよ」

細身女は、広川がキヤロと呼ぶことに、今度は抵抗を示さなかった。自分がキヤロなんて名前は嫌だと徹頭徹尾言い張れば、それこそ今度は広川に、自分の本名を明かさなくてはならなくなる。だがそれだけは何とか避けたい。それなら、いっそのことキヤロでも…。そのようにその時の細身女自身が、心中咄嗟に考えたからなのではないだろうか…。広川は心の中で、静かに推理推察していた。

「それでは、質問。どうして、トレーラーの運転手をしていらっしゃるあなたが、飛行機野郎なのかと…。トラック野郎ならばともかく…」

ややゃ、間が空いた。

「トラック野郎、って、それは一昔前の映画のタイトルでしょうが」

何と何と、細身女が昭和に大ヒットしたシリーズ映画『トラック野郎』を知っていた…。

この事実は、細身がかなり長いことトラック関連業界で勤め上げている。そんな証となりうる筈である。しかしそれでも、だとしても、である。細身のキャロは見た目、アラサー乃至《ないし》アラフォーに掛かる間際位の年齢である。まさか「ダモハレンランケル」や「ニデヤスキンミルク」などを多用して必死の若作りをしてまで、昭和の年代から平成を飛び越えてトラック輸送に関わっているとは、到底考えづらい…。恐らく、映画館やテレビでのリバイバル、再放送、ケーブルテレビなどで見て知っているのか。或いは、レンタルＤＶＤあたりで『トラック野郎』に接したことがあるのだろうか。ドライバーであるから、それらの可能性は確かに高い訳であり…。

「映像著作権に関わるから、『トラック野郎』と言わないってことですか？　配給元の常映さんでしたか常宝さんでしたか、社長さんだって許してくれますよ。カタい御方だなあ、キャロさんは」

「そういう問題じゃあ、ない」

「それなら、トラック野郎でＯＫでしょう。顔もブンタさんに似ていらっしゃることだし」

広川は冗談を半分交えて、そのように言ったのだが…。

「誰がブンタに似ているって？」

ブンタとは、俳優菅原文太のことである。映画『トラック野郎』に、弟分役の愛川欽也とともにダブル主役でシリーズを走り抜いた、代表的な銀幕スターだ。確か任侠映画でも相当貢献していた強面《こわもて》。あの菅原文太に似ていると言われる女性がいたなら、モロに似ている似ていると言われれば、喜び嬉しさよりも失礼ながら、それは怒りや憤りの方が増して勝って、二の句が継げないのかも知れない。

そんな「ブンタ」に似ていると指摘された細身女すなわちキヤロは、やはり怒りを満面に表わして、完全に角度にして直角九十度、横に座る広川の方向に顔を向けて、運転し出した。

これはまずい！　かなり相当に怒り心頭の様相だ。

「あの…」

広川は緊張しつつ慌てつつ、震える右手人差指でフロントウインドウの先、滑走路に違えて見える進行方向を指さしていた。

「ま、前を見てください。ダメ、眼を切らないで。あ…、安全運転でお願いします」

「私が、ブンタに似ているって？」

「お世辞抜きで、ソックリです」

何でそのように答えてしまったのかと、広川はかなりの程度後悔した。しかしそれは完全に、あとの祭り、先に立たぬ後悔だった…。過去の記憶を失っている可能性の強い広川が、ふとした瞬間に何故か、そうした昔のヒット映画『トラック野郎』を思い出した。そして、それに接した広川の心根がついつい喜びを覚え、出演俳優名を挙げたりして、羽目を外してしまったのであった。七尾光江に似ていると言えば波風立たずだったのだろうが、先刻説明した通り、その時の広川の記憶領域には、七尾光江、「ナナミツさん」は不在だったのである。

トレーラーは有無を言わさずスピードを増し、気持ち蛇行しながら、漆黒暗闇の中に走り突き進んで行く。その姿はまるであたかも、大がかりなアクション映画のロケ現場でのカースタントに、近似酷似している。タイヤは悲鳴を上げて軋《きし》むし、広川の身体が幾度も助手席ドアに、想像を超越したものすごい圧力Gで押しつけられる。このままでは予想以上の遠心力の勢いで、ドアロックが壊れてシートベルトも損壊、身体が車外に放り出されるのではないかと、広川は大袈裟に過ぎるほど恐れおののいていた。夢と現実の境目があやふやで判然としない、混沌とした暗闇の中での、緊迫した状況…。

「わぁ～！　あぶないぃ～！」

広川太一が、完全に我を忘れて取り乱し、騒いでいる。一方でその時点をピークにして、車両の動きは徐々に徐々に次第に穏やかに鎮まっていった。そしてキヤロはというと、今となっては広川とは対照的に、何故か、心穏やかに落ち着いた表情を浮かべている様にも見えて来る。それでは、どうして広川の「不注意ブンタ似発言」に対して、キヤロがそれほど極端に感情を高ぶらせたのか。そんな素朴な疑問がフツフツと沸いて来る。

「そのうち本当に、この車を宙に飛ばすからねえ。覚悟しなさいよ」

その時点で広川はすでに相当、三半規管が強烈な刺激を受けており、気持ちが悪かった…。

「もう、勘弁してくださいよ。お願いしますよ、キャロさん。今日は普段常備している、医薬部外品の酔い止め『ヨワーズ』もカバンの中に入れたままで、ここには持っていないんです」

酔い止めを持っていた…。商品名『ヨワーズ』が記憶に蘇った…。酔い止め常備ということは、普段は車を誰かに運転させている身分なのだろうか。運転当事者本人は、酔い止めなど普通、服用しないだろう。広川は、自分で自分を推察していた。

「この際、医薬部外品の『ヨワーズ』なんか、全く関係ないでしょうが」

すると広川は、やや下に俯き、マジに本当に吐きそうな仕種を示した。一方それを見たキャロは、流石に嫌そうな表情を隠せずにいた。そしてさらに速度を緩めて、普通のトラックやトレーラー以上の模範的な安全運転走行に、戻っていった。するとその時点をちょうどピークにして時を合わせたかのように、すぐにその安全運転効果が表われて来た。あれだけ酷かった広川の乗り物酔いが、どういう訳だか手品みたいに、意図的にと言えば言い過ぎなのだろうか、潮が引くように急速に収まっていったのである。不可思議な、兆候…。

「それはそうと、あなたは何処から急に、さっきの白松パーキングエリアのあの場所に降って来たのよ」

気分的にそこそこかなり落ち着いてきた広川は、一瞬、今更この期に及んで変なことを訊く人だなと、キャロの方を一瞥、チラリと見やった。

「その一件については、さっきすでにとっくに白松ＰＡで、運転手仲間の皆さんの前で充分過ぎる位、訳や理由をお話しした筈なんですが…」

到底明白だという部類には属さない、自分の頼りない記憶のルツボの中。そこからうっすらと漂い延びる記憶の糸筋を参考に手繰って、懸命に、ありそうな尤もらしい白松ＰＡでの「トイレ置き去り事件」をでっちあげた。そしてそれを広川太一は、あの運転手仲間に通じるようにと切々と話した筈なのである。それなのにキャロは、それら現場での先刻の出来事、広川の精一杯の説明努力を、平気で全くあずかり知らぬと言うのだろうか…。

「私は、確認してはいないけれど」

広川は、えっ、えっ、どうしてどうして、と疑問符を二つ分位、大きく重く投げかけた。そしてそれと同時に、キャロに対する不審のカゲが、広川の表情に徐々に強く滲《にじ》み出し、明白に浮かび上がって来た。

「…とするとですよ。さっきの白松パーキングエリアでの話の輪の中に、キャロさん、あなたはいらっしゃらなかった…。少なくともあの話の途中までは、参加すらしていなかったってことになっちゃいますよ」

「あのねえ、いなけりゃあどうして、あなたをこうやって私のトレーラーに乗せることが出来たのよ」

「そうか。やっぱり私の話の途中で、あの休憩室というか、食堂に来たのですね？」

傍《はた》から見てもキャロは少々確かに、慌てたふうではあった。そして自分の方から、話のスジを切って…。

「そんなこと、どうでもいいから。とにかく自分の素性と、あなたがあそこにいた理由を、ちゃんとその口から吐いてごらんよ」

「吐いて…、ごらんよ…」

広川はそのように、キャロの言葉をそのまま丁寧に反芻《はんすう》した。そしてそれが、期せずしてマズい方向に連想を働かせたのだろうか、気の重い胸焼けが広川のノド奥に増して来た。さらに、気持ち悪そうな表情を晒して口元を掌で押さえつつ、思い立った成り行きでダッシュボード下にあったバケツを持ち、顔に当てようとした。

「私の非常用のトイレに何をする！」

「ゲッ！　非常用の、トイレ！」

広川はさらに一層、胸の内が悪くなった…。キャロの叫びで、一段と状態が悪化した。広川は、そんなキャロのまさかの非常用トイレ発言に驚き慌てて、すぐさまそのバケツを手放し、益々苦い苦しい表情を深めていった。

「一体、何を考えているのよ。吐いてごらん、っていうのは、喋れっていう意味でしょうが」

「そうなんですが、私はさっき、キャロさんの『吐いてごらん』を聞いて、モロに『オエッ』を連想してしまい、本当に気持ちが悪くなったんです」

そう言うと、何を思ったのか広川は口を押えながら、眼の前にある助手席用ダッシュボードの蓋を開けて…。それなりに使おうとした…。

「そこは便器じゃあない！」

「は、はい」

広川は、そんなダッシュボードカバーを勢い良く閉め直した後、キャロ怒り心頭の言葉に合わせて、シャキッと姿勢を正した。

「車を汚したら、その場で問答無用、即座に飛び降りて貰うからね」

「わ、解りました。しかし、そんなことをしたならやはりやっぱり、道路交通法違反で…」

「うるさい！」

広川は、そんなキャロの怒りの叫びを聞いて、再びシャキッと姿勢を正した。そうするとまたもや不思議なことに、キヤロの鋭い睨みに合わせて、何故か広川の吐き気が急激急速に、まるで引き潮みたいに収まっていったのである。気の持ちよう、ということなのだろうか。いや、何かカラクリがあるのかも知れない…。即効鎮痛剤みたいな効能…。

「それで？」

「えっ？」

すっかり話のスジが、何処かに飛んでしまっていた。

「あんたの素性と、あそこにいた理由は？」

広川は呼吸を整えて、出来るだけちゃんと明白に答えようと努力していた。気分がかなり急激に持ち直して来た証拠だ。しかしながら、相変わらず自分の記憶の方はあまりに心もとないので、口から出まかせのでっちあげで取り敢えず帳尻が合う様に、とにかくうまく繋いでいこうと考えていた。どうせあと、長くて多分二時間弱ほどの短い付き合いでしかないのだからと、広川太一は割り切って考えていた。

…と、そんな適当な、言葉を換えるといい加減な薄くて軽い思惑が、逆に功を奏したのかも知れない。広川の頭の中には次から次へと、尤もらしいニセのストーリーが出来上がり、それが流れる水のごとく泉のごとくに、口元から発せられていった。芸術関係者という人種はもしかしたら、こうした独特の共通した創造力を持ち合わせているのかも知れない。

「小袋という町に、祭りの取材に行ったんですよ。ポスター広告の写真です」

自分が喋っていて、何かそんな過去のヒトコマが、確かに実際にあったような気もして来る。だが広川は小袋という町や祭りに、特段何か思い当たる、深く突き刺さるような強烈な記憶は、いまだに見つけ出せてはいなかった。

「小袋…。白松ＰＡの三つ西か。あの小袋インターチェンジで、あなたは高速に乗って来たっていう訳ね」

「流石に詳しいですねえ、キャロさんは」

自分がそのインターから高速へと上がって来たかどうかは、全く定かではなく解らなかった。しかし広川は、取り敢えず話が折れてしまい矛盾することのないように、流れに沿って進めてみることにした。少なくとも小袋という地名は、おぼろげながらも自分の頭の片隅に眠っていた訳であり、辿《たど》ってそこから面《おもて》の口先に出て来た訳であろうから…。

「インターの名前を知っていて、だから道に詳しい、って言うの…。高速道路のインター位は、長距離の運転手なら誰でも暗記しているわよ」

キャロが平然とそう口走ってはいるものの、そんなにすべてのインターを暗記している運転手ばかりだとは、考えられない。恐らくキャロは、白松や小袋などの休憩エリアの施設を、普段から頻繁に利用しているに違いない…。広川はキャロとの会話の行間で、そのように推理推察していた。少なくとも細身女キャロには、その地の近辺で記憶に残るような、深い体験があったに違いないだろうと…。刻まれた何らかの足跡が、透けて感じられる。

「とにもかくにも私の方は、仕事も順調に終わって最後の最後にクソ、いや、ミソを付けてしまった訳でして。ロケバスをものの見事に見失ってしまいまして…」

「なるほど。それが、白松パーキングエリアで足探しをしていた理由、って訳ね」

何時の記憶かは明白には解らない。そして現場が小袋だということも定かではない。しかし、祭りの大太鼓の前で、豪快な乱れ打ちをカメラに収める作業をしたような、うっすらと漂う靄《もや》のような不確かな記憶が再び、広川の脳裏をかすめて行く…。やはり自分は商業カメラマンなのでは…。それも、フリーの商業カメラマン。もしもそうだとしたならば、白松パーキングエリアでの「持ち金無し無し帰る足さえゼロゼロ」なんていう、あんな失態…。自分はどうして一連のトラブルを引き起こしたのだろうか？　「ブンタ似発言」では、ある程度記憶を掘り起こせたのに、肝心な部分をきちんと頭中で手繰り寄せられない自分自身が、広川太一は歯がゆく残念でならないのだった。重要なパーツが、頭中の海に溶け込んで、捉えきれていない。

「あの仕事先からはもう、私には永久に、仕事は廻って来ないでしょう」

「自分の事務所は、ないの？」

当然の質問だろう。フリーのカメラマンならば必ず、大なり小なり事務所は構えている筈である。あるいは報道とかマスコミの専属カメラマンということも考えられるが、それでも所属の部署位は、必ず存在する筈だ。

「こんな夜中には…。昼間に一人だけ、パートの事務員を雇っているだけでして」

再び不思議なことに、まるで誘導されているかのように、作り話が、考えるより先に口元から飛び出て来た。そしてそれらは、自分はＭＨＫの専属カメラマンです、などという大嘘よりも余程信憑性のある、尤もらしいウソだった。そんなウソまみれの広川太一に対して、なるほど、とキャロがそのウソに対して、ヤケに従順に乗って来て頷《うなず》いた。

「要するに、どうしようもなかったっていう訳、ね」

「ええ…。でもキャロさん、それがおかしいんですよねえ」

キャロは、どうも考え過ぎのキライがある。そんな広川の、おかしい、という発言に反応して、運転席側の右ドアウインドウに映った自身の顔を横目で見ながら、その表情に段々と恐さと怒りを増幅させていった。黒い鏡に映る顔表情が歪む。

「うん。確かに、確かにおかしいんですよ、キャロさん」

広川の、そんな更なるダメ押しとも言うべき一言に、キャロは、モロに不機嫌さを表した。

「…何が？」

脈絡に漂う雰囲気の険悪さの源《みなもと》に、正直ちゃんと気づいていない広川は、あれこれと理由を考えてみた。…で、しばらくしてからようやく思い当った。その不機嫌さが何処からやって来るのか、どうしてなのかという原因に気づいて、広川は遅ればせながら慌て出した。

「いいえいいいえ、キヤロさん。決して、決して、あなたの顔がおかしいとか変だ、とかドヤ顔だとかブンタ似だとか、そういうことじゃあないんですよ」

キヤロは何も答えなかったが、表情は、先刻『トラック野郎』の時よりも、やや幾分平坦ではあるかな。…そんな雰囲気が広川には伝わって来た。ところが広川太一の次の一言…。

「キヤロさん、あなたの顔の作りなんて…。そんなことはもうすでに数時間前から、私の方にとっては織り込み済みでして」

「織り込み済みでおかしい？」

言い訳が火に油を注ぐ結果となり、広川は、益々慌てふためいた。ここで怒らせたら、今度は高速道路のド真ん中で、勢いに任せて叩き落されてしまうかも知れない、と…。

「いいえ、いいえ。すみません。ついつい、本音で喋ってしまい…」

よせばいいのに焦っていたのだろうか、油どころか今度は、燃え盛る炎を大型扇風機でとことん煽《あお》るようなマズい発言だった。言葉というものは、実に恐ろしいものである。それを聞いたキヤロは、突然アクセルを目一杯に踏み込んで、暗闇の中、猛牛のようなクラクションを、長い尾ひれが付くほど鳴らし続けた。急加速に急激なクラクションが鳴り続き、広川は生きた心地がしなかった。何処までが現実の出来事なのだろうか…。心が不安に揺れ惑う。

「キ、キヤロさん、危険運転の現行犯になっちまいますよ。通報されちまいます」

広川は、これはもうダメだな途中下車だなと、出来るだけ助手席左ドア寄りに身を寄せて覚悟していた。しかし、そんなクラクションの一連の鋭い響きが、ちょうどキヤロの怒りのピークと合致していたようである。その後今度は少しずつ徐々に徐々に、キヤロの運転が平静で緩やかな波の流れの中へと、打ち鎮まっていった。水面《ミナモ》の穏やかさを思い出したのだろうか。

「私がハンドルを握っていることを忘れないようにするんだね」

「は、はい。どうもどうも…」

余分な一言は敢えて加えないようにした。広川は先程、「気を許して喋る」という意味で「本音で喋る」と言ったまでであり、何も自分は、批判されるような問題発言はしていない。…そう強く確信していたのではあるが、キヤロの怒髪天《どはつ》を衝《つ》くような怒りだけはとにかく鎮めておかなくては、自分の生命にも直接関わって来るなと考えて、取り敢えず自重しておとなしくしていることにした。

「もういいから。だから…。最初の…。続けなさいよ。何が、確かにおかしいって言うのよ」

　これでやっと、普通の穏やかな精神状態に戻って話せるようになると、広川はやや幾分か安堵していた。そして自分がどうして、「確かにおかしい」と言ったのかを思い出そうとしていた。そうか…。作り話をでっちあげている最中だった。マイクロバスでも路線バスでもいい。とにかくあの白松パーキングエリアに辿《たど》り着いたとして、そんなに長い時間自分がバスを離れる訳がないじゃないか。それも自分がカメラマンだとしたなら、商売道具のカメラとか手帳とか携帯スマホとか、そもそも財布さえも持っていないなんて…。そんなことがありうるだろうか？

「おかしいんですよねえ、どうしたって。私がトイレに入っていたのは、どう考えたって、五分か十分か、そこいらでしょう」

「あなたのトイレの時間なんか興味ないし、私には全く、関係のないことでしょう」

「ごもっともなことで。とにかく私は、そんなにトイレに長居はしない質でして」

　パーキングエリアでトイレを使った記憶さえも、広川の脳裏にきちんと刻まれている訳ではなかった。何となくそんな気がする、という位の薄い感覚である。ただ、波向は正しいと思う。

「それで、どうしたって言うのよ」

「いくらねえ、薄情なロケバスの連中だとしても、そんな短い僅かな時間、私が行方知らずになっただけで、平気でバスを出しちゃいますかねえ」

「ちゃんと確認したの、そのロケバスの停まった場所を」

バスが停車した場所なんて、そんなもの知る訳がないし由もない。これは広川の描いた完璧な作り話なのだ。

「言いましたように、トイレは個室を使いましたから、その間はどうしたって全集中していて、外の車の動きなんか確認するなんてそんなこと…。出来ませんよ」

「私は、あなたのトイレの実況中継を聞きたいんじゃあない」

「はぁ…」

それは、広川太一本人も同じことだった。

「あなたねえ、トイレの中から確認出来ないなんて当り前でしょうが。私が言っているのは、トイレを出てからちゃんと、バスから降りた場所を探したのかっていうことよ」

「はい。そりゃあ、探しましたよ」

広川は、何故だか理由は闇の中で解らないが、気が付いたら自分が、白松パーキングエリアの車の間をフラフラと歩いていた。だから、これは多分自分がバスに乗って来ていたのかも知れないなと、必然的に考えた。そして取り敢えず休憩室の方向に徒歩移動して、エリアの四方八方に視線を送り配り、何か手掛かりはないものかと探し続けた…。そうだ。あの時の自分の行動について広川は、大体の大枠を思い描けていた。あのシーンならば、尤もらしく話を繋げられるかもしれない…。少なくともあの時あの現場では、四方八方を嫌になるほど探しまくった…。そういうことにしておこう。恐らくそうなのだろう。

「同じような場所が、たくさんあるのよ、あの広いエリアの中には」

「それじゃあ、私がドライバーの皆さんに頼み込む前。つまりロケバスを探し廻っている間にはまだ、ロケバスがエリアの中にいたのかも知れないと…。そういうことですか？」

「そうよ。このトレーラーの隣にも、マイクロバスみたいなのが停まっていたし」

そうか、そうしよう、と広川は考えを及ぼした。トイレから帰って来た時には、バスの周囲に異なる大型車が停まっていたことで、自分のマイクロバスに気づかなかったのかも知れない、と…。

「私が、バスを降りた時には…」

広川は、自分が降車した際の映像を、第三者の立場に立って頭の中に描き創り出そうとしていた。

まずは、マイクロバスから降りて来る、手ブラの広川。確かに何も持たなかった。いや、持つ必要も感じなかった。そして自分一人が降車したようだ。同時に何か不自然さを感じていた。他の者が何故だか一人も降りては来ないで、眼を閉じ無表情にロケバスのシートに座ったままだったからだ。普通なら不審に思って降りるのをやめるだろう。でも自分はすんなりと、ほぼ抵抗なく降車した。そして…。そのバスの両側には…。大型車両が大多数の駐車スペースであるにもかかわらず、普通乗用車。普通乗用車が不自然に両サイドに停まっていた…。そんな気がする、多分。それが正解に近い気がする。だがちゃんとした正解なんて解らない。だからそういうことにしておこう。おぼろげな記憶のエリアで、その部分が若干濃い。

「そうですよ。ロケバスの横には両側ともに、普通車が停まっていました。何か不自然さを感じたんですよ、その時には。思い出しました。バスの隣はこんな大型車両じゃなかった」

「こうは考えられない？　マイクロバスがあなたのいない間に、私のトレーラーの横に移動して来た…」

広川はそのように指摘されて、ハッとひらめいた。やはり本当に自分は、仕事先からバス移動をしていたのかも知れないな、と。何かの拍子とかきっかけで記憶が飛んで薄れてしまったのか？　確かに、目標物であるバスが短時間に移動していたならば、それは見つけられるものも見つけられなかっただろうな、と。しかしそんな荒技は、やはり信じ難い。

「もしかしたら、このトレーラーの陰になって、マイクロバスを見つけられなかった、っていうことですか」

「そういうことになるわね」

「そんな…。移動するなら移動するって最初から言ってくれていれば、私は、こんなにヒモジイ思いをしなくても済んだんだ」

喋りながら広川は、自分が本当にバスと関わりがあったのだと仮定して、たとえそうだとしても、そんな解りづらい車両移動をマイクロバスの運転手がやる訳ないよな。…そんなふうに推測して、自分のつじつま合わせの、貧弱でいい加減な作り話と想像力に呆れていた。

そのようなことをツラツラと考えながら、広川は何気なく目の前のダッシュボードの蓋をガサゴソと開けて、今度はヒマに任せて存分に物色していた。そして、その中に一ケース、何故かカラアゲのコンビニパックがあるのに気づいた。同時にその光景を横から認めていたキャロが、今度はたしなめるでもなく怒るでもなく、ボソッと口にした。どうして広川に対して怒りを見せなかったのか…。

「それ、食べてもいいけれど…」

広川はそれを聞いて、早速ラップを破り始めた。そして、カラアゲの表面を見た途端に、忘れていた感覚を思い出したようだ。空腹感。…やはり腹が減っていたのだ。少し前に気分が悪くなったのは、空腹の所為《せい》だったのかも知れない…。広川が、その時点からさらに調子良くラップを大きく開いたところで、キャロが口を挟む…。

「それ、三週間前から置きっ放し」

広川は、キャロのその言葉を聞き、驚いてそのカラアゲパックを手放した。その勢いでカラアゲもパックも、ダッシュボードの中にバラバラになって落ち散らばった。そして独特の濃い油の匂いが鼻につき、広川は転じて再び気分が悪くなり、乱れたダッシュボードを閉じるとすぐに迷わず、再度足モトのバケツを手にした。

「バケツは使うのなら、洗ってきちんと後始末して返しなさいよ」

ああ、そうだった。このバケツはいわくつきの…。広川は、ああそうかと思い出し、そのバケツも勢いよく手放した。そして、サイドドアのパワーウインドウを操作して開けて、何とかしようと試みた。

「車を少しでも汚したら、本当に飛び降りて貰うからね」

広川は、気持ちが、悪かった…。それをクールな表情で横目に見ているキャロの顔色が、ヤケに青白い。サイドドアのパワーウインドウガラス、いわば黒い鏡の中に、冷酷冷徹に、そのキャロの非情な容姿が映り込んでいた…。

第三章――運転手キャロの素性

広川の気分の悪さは大事に至ることなく、すでに通り過ぎていた。ダッシュボードに備え付けてある楕円形のアナログ時計が、すでにゼロイチサンマル、一時半を指している。事前に予測していたよりも、存外時間が押していた。広川太一はボンヤリとうつろに、そしてマンジリともせずに、助手席左ドア側に小さく身を寄せて、その楕円形の時計を視野の中央に捉えつつ、ジッと静かに居座っている。一方、そんな広川の様子には全くもって影響を受けていないというのか、広川の存在すら記憶認識から消し去っているかの如く、単調に運転に集中しているのが、トレーラー運転手キャロ。そんなキャロを見て広川は必然的に、キャロの体内には血液よりもドロドロと粘りきった、重黒い高密度のオイル。そして噛み合って軋《きし》み動く機械的な複数の回転ギヤ。そんな種々の、感性とは無縁の無機質の部材が一部配置されているのではないかと、無理なく連想していた。それらの幻の想像からはまるで、生きた暖色のヒトとしての体温は流れて来なかった。涙とか、むせび泣きとか、そういった類いが湧き出る源《みなもと》は、果たして存在するのだろうか。

「…ったく。個性の強い方だ、キャロさん、あなたは」

広川のそんなボヤキに対して少し間をあけてから、キャロがボソッと口に出した。

「何が言いたいの？」

そう言ってから再び、キャロが鋭く射るように、横の広川を睨み出した。

「ま…、前を見て運転してください」

キャロは慌てるでもなく動じるでもなく、前を見据え直して運転を続ける。

「あなたが正面から眼を切ると、私は瞬間、寿命を二年分ぐらいすり減らしてしまいそうな気分になりますよ」

「それなら、私の五年分のタマシイを、後でノシつけて贈呈するわ」

キャロも冗談を言うのだと、この時の広川は何故だか転じて、ホッと安堵した。ある意味、氷の中に潜む僅かな温もりに接した、という感覚なのか。闇の中の小さな、暖。

「ところでキャロさん。あなた、何処の生まれなんですか？」

「…どうしてよ、急に」

急峻な早い流れの展開を、キャロは、あまり積極的には受け入れたくない様子ではあった。

「それはね、キャロさん。何処で育てば、こんなコテコテガチガチの他の人には到底見られないような、不思議な性格が出来上がるのかと思いましてね」

「人のことが言えると思っているの」

「それはそうですが…」

どっちもどっち、だった。周囲に全く車がいなかった短時間とはいえ、スタントカーまがいの高速蛇行運転で高速道路上を横行闊歩《おうこうかっぽ》した、女ドライバーキヤロ。そしてパーキングエリアでまさかの「ワニの木登りヒッチハイク」をしていた、身元ほか詳細不詳の広川太一。いずれも、普通常識のレベルよりは相当格段、偏向していた。

「生まれはねえ、私の生まれはねえ…。I知県の育ち。ヘリの操縦士」

「ヘリ…」

またまたまた…。前にも増して奇妙なことを言い出したな、と広川は感じ入り、自然にため息を漏らしていた。この女、どうしてヘリだとか操縦士だとか、安易安直に飛び道具にこだわるのだろうか？　広川は疑惑を超越して、ある種の嫌悪さえ抱いていた。そして…。とは言え相手がそんなキヤロであったとしても、自分が便乗させて貰っているトレーラーの運転手本人である。だからして、まずは気まずくならぬように多少盛ったアドリブ話でもいいから、何とか作り話の脈絡をうまくつけて繋げていきたい。話の流れに破綻を生じさせないように、とにかく続けていきたい。…と、強くそういった真摯な思いを募らせて…。

「そうか。言われてみれば、私らもよく遊んでいたような気がしますよ。東京にもねえ、多摩川という一級河川、大きな河がありましてねえ」

多摩川、という固有名詞がスラスラと淀みなく、広川の口元から湧き出て来た。そしてその映像らしき光景も、広川の頭の中にはおぼろげながらも浮かび上がって来ていた。もしかしたら多摩川には何かしら、自分とは切り離せぬ重い関係、深いキズナが隠されているのかも知れない…。

「多摩川、知っているでしょう？　野球場やらサイクリングロードとか、運動設備が沢山揃っているんですよ、水の流れに沿って。河川敷ってヤツです。そんな多摩川の川べりでよく、ラジコンのヘリコプターとかトイドローンとかオモチャのカイトを、大人も子供もねえ、競うようにして飛ばしていますよ」

やはり自分は本当にカメラマンなのだろうか。頭中にぼんやりと浮き出た幻の画像を参考にして、想像した場面、作り話の数々を、懸命に繋ぎ合わせている広川太一。しかしそれにもかかわらず、キャロの反応は意外にも…。

「私をからかう気なの？」

どうやら広川の、波風を立てまいとする思惑とは真逆のサイドに、ドドッと大波が寄せてしまったようである。言うならばまさに文字通り、ヤブヘビ、となってしまった。

「私があなたをからかうだなんて…。いいえいいいえ、決してそんなことは…」

「勘違いしているのよ。私の話は本物のヘリの話」

広川は、益々訳が解らなくなり惑《まど》ってしまった。理解しようと努力したにもかかわらず、試しに混ぜた絵の具の色合いの様に、節操なく混濁してしまった。そしてその混迷の度合いは、濁ってさらに一層深まっていった。皆目先が開けない。

「本物のヘリ…。I知県だと何処の川べりですか？」

キャロが言った「ヘリ」を、今度は「川べリ」と勘違いして聞き取った。…と言うか、無理矢理そういう風に聞こえたと、自分自身に信じ込ませていた。

「何を言ってるの。川べりじゃなくて、ヘリ、よ。それも、あなたが想像しているオモチャじゃなくて、本物のヘリコプターよ。私のホームグラウンドはねえ、全日本運航のカワチへリポートよ」

全日本運航…。全日本運航と聞いて広川は、キャロには悪いが、もしかしたらキャロは相当な疲労から精神が不安定になっているのかも知れないな。…とそんなふうに、別の意味からも新たに注意警戒し直していた。

「あのねえ、キャロさん。冗談は、非常用のバケツと古いカラアゲだけにしてくださいよ」

「悪いけれど、冗談じゃ…、ない」

ヤケにゆるりと、それも冷酷にキャロが応じたので、広川は余計、背筋辺りの背骨縦スジに寒気を覚えていた。冷気が山肌を伝い下り、霧が背後にまとわり付いて来る。

「だ…、だいたいねえ、全日本運航なんてねえ、確か今はもうない筈なんですよ。太平洋国際航空と合弁したんでしょう？　新羽《しんわ》日本エアラインという会社名に、変わっているのではないですか？」

そう言いつつ広川はハッとして、思わず左手の甲を右手でツネッていた。痛いので現実に違いない。ということは、合弁話だのそういう昔の、と言うのか過去の事実は、やはり、過去のヒット映画等と同様に、ある程度記憶に残っている。或いは記憶に蘇って来ている…。そういうことなのだろうか。酔い止めの「ヨワーズ」だって…。言われてみれば、I知県が位置する「N尾平野」という固有名詞もしっかりと、頭の中に浮かんで来ている…。やはり徐々に徐々に記憶が戻って来ている、ということなのか…。それではどうして、どんなきっかけで記憶が飛んでしまったのだろうか。

新羽《しんわ》日本エアラインに関しては、合理化と競争力強化の名目で、業界の二位と四位が合弁してトップ企業に躍り出てから約半年ほど。今回の「ワニの木登りヒッチハイク」の半年前にはすでに合弁成立、新会社発足。当然すでに、公知の事実となってから久しい。つまり全日本運航株式会社という会社組織名はすでにもう、この社会には存在していない筈なのだ。

「合弁話なんて、ヤケに詳しいのね」

何故詳しいのかも自分では解らなかったのだが、一応尤もらしく当り前だと胸を張って、広川は即答した。

「私達カメラマンはねえ、航空写真を撮る機会だって、かなり多いんですよ」

なるほど、だから詳しいのかとキャロが頷いたように、広川には思えた。不思議なことに広川自身も心の中で、なるほどそうなのかも知れないなと、自分の言葉に対して感じ入り、頷いていた。咄嗟の思いつきの作り話だっただけに、広川は話を盛って申し訳ないと、解らないように膝の上で両手を合わせていた。

それからさらに間が少しあったと思うが、キャロがポツリと口に出して語り出した。何故だか幾分寂しげな、夕刻の沈みゆく弱い太陽のような、言うなれば枯葉が寒色の地上に舞い落ちるような、冷えた口調であった…。キャロにも確かに、情《なさけ》の川が流れているようだ。

「でもね…。私は、あなたが何と言おうとも全日本運航所属の操縦士なのよ」

何処までも強情を通すキャロ。広川はごくごく自然に、再び深いため息をついていた。

「時にあなた、今何をしているのか解っていますか?」

唐突な広川の質問に怯《ひる》むことなく、キャロは冷静に応じていた。

「操縦しているわ」

「操縦…。普通は、そうは言わないんですよ。現代の国語教育では通常、運転している、と言うんです」

「でも…。あなたが何と言おうとも、私は紛れもない操縦士、パイロットなのよ」

そのようにキャロが言った際、その横顔に再び一抹の寒色、というか冷厳《れいげん》の寂しさが舞い降り漂った。枯葉舞うと言うよりも、地に霜柱が刺さり立ち凍っていたと表現しても、過言ではない。…がしかし、その冷たさの意味や理由の源《みなもと》を、広川がストレートに理解出来る由もなかった。

「それじゃあ、キャロさん。航空会社の操縦士が、どうしてトレーラーの運転をしているんですか？」

広川のその問いに対して、キャロは、両の瞳が波に揺れて見えるほどに涙でうるませた後、静かに穏やかに目を閉じた。不思議なことに、両の眼ともに涙のスジは伝わらなかった。瞑想しているような状態なのだろうか。そして一方、その様子をモロに横から眺め見ていた広川はというと、対照的に慌てふためいて…。

「ちょ、ちょっと…。ねねね、寝ないでください！」

広川の必死の懇願に応じて、キャロは再び静かに目を開けた。…がしかし、漂いさすらいボォッと浮き進んで行くようなキャロの視線。そんな視線の道筋は、焦点が定まらないはるか前遠方を、ただただ漠然と指して進んでいる。視線がまるで、旅をしている…。

「キ…、キヤロさん。メ…、目が、寝ていますよ」

そんな広川の慌て言葉に、キヤロはヤケに素早く応じた。見た目の女姿は変わらないものの、声色が男に、男に変わっている…。それも強く印象に残る、まさに別人のような低音声である…。冷酷冷徹な、まるで男の仕事人…。

「寝ているなんて、そんなことは、ありえない」

そう言うと、キヤロは再び顔を正面に据えたまま、瞑想し始めた。

「ほらほらほらっ。やっぱり寝ているでしょう」

「全く問題は、ない」

真横でジッとして見ている広川は、それこそたまったものではなかった。乗せて貰ったドライバーが、自分の隣の運転席でウツラウツラしているように見える。だがそれを自ら正そうともせずに、問題はないと言い放っているのである。車両の揺れにつられて、キヤロの身体があたかもその揺れに同調するかのように、規則的に波打って動いている。まるで船を漕いでいる仕種のようにも感じ取れる。焦りと不安で広川自身の心臓も、波に揺れてざわめいているのが解った。

「何が大丈夫なものですか。寝不足は運転に堪えるんですよねえ。何処かで休みましょうよ。休憩休憩…」

その際、何故かキヤロがギロッと鋭く、広川を睨んだ。しばしの沈黙あり…。そして仕方なく…。

「休憩、ってねえ…。キヤロさん、誤解です。あなた考え過ぎなんですよ。そういう意味ではありませんよ。コーヒーブレイクですよ、コーヒーブレイク」

冷たい沈黙に耐え切れずに、広川は、キヤロの強面《こわもて》に対し忖度思い計って、そのように付け加えたのだ。気にし過ぎる広川の、悪いクセなのかも知れない。

「そんな休憩なんか…。私には必要ない」

広川は、あわてて反論して…。

「いやいや、そんなことはないんですよ、キヤロさん。こっちはねえ、命が掛かっているんですからねえ、命が」

「それじゃあ、今すぐに降りることにする？」

話が堂々巡りしていた。だがそんな言い争いの中でも、少しずつキヤロの様子雰囲気が再び元の状態に戻って来たようである。何の仕切りもカセも無しに、低音声の冷酷な男みたいな仕事人、自称操縦士から、トレーラーの女性ドライバーキヤロの声質へと…。

「降りることにするってねえ、勘弁してくださいよ。東京までという約束で、お願いした訳なんですから。どうか、どうか、安全運転でお願いしますよ」

「それじゃあ、私の運転シーンが見えないように、そのバケツでも、かぶって寝ていなさい」

「解ったぞ。あなた、シロでしょう？」

広川は咄嗟に、キャロの強情な理由、心理の奥底を、頭を振り絞って推測推察してみたのだった。しかし、そんな広川に対して何故かキャロは軽蔑するかのように、広川を殊更強く睨み付けた。

「それじゃ、そう言うあなたは、何？　ガラもの？」

それを聞いて、今度はガックリと広川の方が視線を落とした。気持ちがコケた。広川の意とするところが、全くキャロには通じていなかった。実に、情けなかった…。

「あのねえ。私はそんなことを言っているんじゃあないんですよ。あなたの、今乗っているこのトレーラーが白ナンバーじゃないんですか、って言っているんです」

「白…、ナンバー…」

白ナンバーとは周知案内の通り、営業車登録のない個人使用の車両、すなわち自家用車という意味を示唆している、一般的なナンバーカラーである。そうか。ガソリンか有機溶剤か知らないが、車両タンクの中身を自社で買い取り、それを自社の工場や関連会社の間で輸送しているトレーラーなのでは？　それならば、営業登録済の緑ナンバーではない一般白ナンバーであっても、道路運送車両法に抵触することは無い…。運ぶことで運送利益を上げているのでなければ、理論的には白ナンバーでもオッケーなのである。

「そうでしょう？　白ナンバーなんでしょう、このトレーラーは。違いますか？　だからそんな、操縦士だなんて訳の解らないことを…。何も恥ずかしいことじゃありませんよ。白ナンバーは、個人事業主のれっきとした証しじゃありませんか。あのねえ、キャロさん。白ナンバーの話をパンツの色柄の話と勘違いする方が、よほど恥ずかしいことでして」

キャロは、少々たじろいで見えた。

「紛らわしい話が、正しい道を踏み外させることもあるわ」

「またまたまた。そうやって人の所為《せい》にして」

そんな会話の後しばらくして、キャロは再び落ち着きを取り戻したようにも思えた。それは、静かで穏やかで乱れの無い、何と言っても正常で安定した運転操作に表れていた。

「あなたに何と言われようとも、私はヘリの操縦士なのよ」

「まったく…。強情な人だ」

「操縦している最中に、突然エンジントラブルが発生したのよ」

操縦、という言葉を、キャロが再びまたまた再度しつこく、口にし始めた。その本意がどのような処にあるのか、そして何故キャロが、運転、と言いたがらないのか、広川は是非とも真相を知りたくなった。何らかの制約のない、広い自由な範囲の緩い言葉で導けば、キャロの真の本当の姿が浮き出て来るのかも知れない…。やってみる価値が、見えて来る。

「解りました。時間もあることですし、その話を伺ってみましょうか、取り敢えず」

広川太一は、降車するまでに予想される残り約二時間足らずを、キャロの「操縦ばなし」で埋めてもいいじゃないかと、どちらかと言えば気楽な心持ちで、話の入口に訪ね入った。

＊

【場面転換】トレーラーではなく、ヘリコプターがローター音を響かせて、穏やかな昼間の青空を舞っている。フライトコースはむやみにムダに曲がったりはせず、余分なホバリングをすることもなく、その直近の航線は、ほぼほぼ直線に近い。そんなシングルローターヘリの操従席には、赤いキャップに通信器具を装備した男性パイロットが座っている。人気役者の空道剛《そらみちたけし》みたいな容姿だ。

ヘリの後部座席、四人席が対面する形で設定してある客席部分には、年配の男女が三人。年配とは言え、ラフでスポーティーな若々しい服装。ゴルフウエアにジャケットという感じの出で立ちだ。まずはそのヘリの乗客に間違いないだろう。みやげが入っているらしい宣伝文句の入った紺色の紙袋が、幾つか見える。操縦士は一人、右コックピットに座して操縦している。左の副操縦席は空席だ。単独操縦は、商業ヘリではそれほど珍しいことではないらしい。つまり乗員乗客は、合わせて四人ということになる。

全日本運航所属のシングルローターヘリ「バベル８０７」は、東京の郊外にある「西部東京・領山ヘリポート」に、乗客を搬送する予定だった。フライトプラン通りの順調な運航。何もかもが穏やかで、乗客も柔らかな陽に染められた上空の景色を楽しんでいた。

＊

「東京の郊外にある、領山ヘリポートまでフライトする予定だったの」

キヤロは、そのようにゆっくりと頭中の絵柄をなぞって、あたかも確認するかの様に説明を加えた。一方の広川はキヤロの横顔をチラ見しながら、全てが嘘の作り事だとは到底考えられなくなっていた。真っ赤なウソには必ず、小さくても不自然なハガレが見て取れる。そして矛盾も破たんも生じてしまうことが、世の常である。話を聞いていた広川の心の内に、そんな矛盾の大きな波渦の音色。そんな矛盾の音色が響いて来ることは皆無だった。…ということは、やはりモロに本当なのだろうか。

「予定だった、ということはですよ…。キャロさん、もしかすると…」

＊

【場面転換】その操縦士が手繰るヘリが、ガタガタガタガタと無気味で無慈悲な不規則音を発し、サイクリックスティックが振動し始める。上空の微妙な気圧変化の影響を受けて、ダメージが増幅したらしい。油圧の低下が原因なのかも知れない。出力に関与するコレクティブレバーの効きも甘い。同時に複数の警告灯が点滅してアナウンスが響く。当然ヘリの異常に不案内な乗客達は、コックピットに生ずる点滅や自動警報アナウンス等、不穏な計器の様子におびえ出す。例外なく、心が慌ただしく波打つ。操縦士は、何とか異常な機体を平静に戻そうと努力するも、なかなか思い通りに事が進んでは行かぬ袋小路。安定からは程の遠い航路航跡。そしてそこから脱却する為の解決策が、残念なことに頭の奥底、それも暗中に隠れ潜んだままである。

＊

「まともに操縦カン、サイクリックスティックが利かないの。作動しなかったのよ」

キャロは努めて冷静さを装いつつも状況を思い出したのか、自らの言葉を舞い落ちる枯葉のように震わせた。人の言葉は、心の葉…。

「なるほど。それでキャロさんは、即座に不時着を考えたっていうことですか」

「ええ。メインローターの迎角、角度は比較的精度良くコントロール出来ていたから、何とかしようと…」

＊

【場面転換】安定しない機体をコレクティブピッチレバーの微調整で何とかごまかしつつ、操縦士は必死でサイクリック、操縦カンを握り締めて、直近の目視把握出来る高速道路上空に機体を導いた。コレクティブを上げてさらに出力を増そうにも、アンチトルクペダルの効きが不整合で、機体が連続回転してしまいそうだ。片側三車線、合計六車線の高速道路ではあるが、北側、すなわち進行方向左側が、切り立った山肌。他方右側は、逆方向下り三車線をはさんで、海に通じる急峻な切り立った崖となっている。もうすでに、まともな水平距離は稼げない状態だった。だからまず不完全ではあるけれども、ホバリング操作を取り敢えず敢行して、直下の路上に垂直降下に近い形態で着陸しようと試みた。つまりオートローテーション、すなわち下降時の空気流を最大限に利用する方策で、機体の許される範囲内、出来るだけ減速してゆっくりと降下しようとしていた…。

＊

「近場の飛行場には、キヤロさん、行けなかったんですか」

キヤロから、即座に返答が生じた。

「離れた場所には、確かに農道空港や学校の敷地もあったわ。でももう移動する山の中、余裕が無かった。一歩間違えば山中か海上に落ちる。ヘリポート無線局にも高速道への緊急着陸を連絡した。この時すでに、何時突然こと切れるか解らない状態だった。オイル系統の火災発出も心配だった。そんな中とにかく私は、何とか着陸させて乗客三人を助けたかった。だから直近真下にある、一番近い高速道路エリアの六車線部分を、緊急不時着地点に選んだのよ」

＊

【場面転換】まるで急降下するかのように、また、木の葉がヒラヒラと舞い落ちて行くようにして、そのヘリは直下の高速道路面に近づいた。アンチトルクペダルからの伝達が不適切なのだろうか。あるいは横風とテールローターの推力が適切に馴染まなかったからなのだろうか、テールが図らずも急激に一回転してしまった。そして、騒音と埃を異様に巻き散らしながらもヘリの体勢を立て直して、とにかく、垂直降下に近い状況に戻して着地することが出来た。正常な着地よりも降下率が高く、かなり衝撃が大きかった。…が幸いなことに、着陸時には路上を通過する車両が運よく途切れ、直接の二次災害、すなわち乗客の生命に係わる大惨事には至らなかった…。少ない通過車両数、途切れた車列が幸いした。

そんな高速道路上で、ヘリは左山側の上り方向二車線を斜めに塞ぐようにして緊急着陸していた。そして、その機体の一部が損壊し、煙が噴出した。オイル火災もあるようだ。それとどうも着陸操作時にやはり、後部のテールローター付近が転回しつつ、路面か路側《ろそく》の敷設器材等に接触衝突した模様だ。そんな傷んだ機体の脇横を一般車両が数台、クラクションを派手に鳴らしながら通り過ぎる。追い越し車線、つまり一番中央寄り。さらに言い換えれば、上り方向の山肌側から三車線目の中央追い越し車線を使って、車両が通過して行く。そして追い越しざま百メートルほど離れた地点で遅速に転じて、遠巻きに大丈夫なのかと、車数台が路肩に寄せて見物し出した。そんな中、損壊ヘリを追い越してから先、自車両を路肩に寄せた一般運転手の一人が、下車してその路肩に沿って走り出した。どうやら、路側《ろそく》に設置してあるグリーンボックス、非常電話を掛けに行くようだ。よほど慌てたのであろうか、手もとには自分の携帯スマホを握っているにもかかわらず…。

＊

「私は一刻も早く、その三人の乗客を避難させたかった…」

キャロは思い出し思い出し、ゆっくりと独り言のように発していた。黒い悪夢が無遠慮に幅を利かせて、キャロの頭の中を無尽蔵に駆け巡っているかのようであった。

「でも当然の感情でしょうよ、それは。もしも、もしもですよ、乗客の生命を預かっている操縦士の立場だったとしたならば」

広川はそう言いつつも、やはりもしかしたらキャロは本当に、話している通り操縦士の経験者なのかも知れないな、と考え、それを信じ始めていた。人の逃れることの出来ない残酷な運命的な事情が、無情にも人生の立ち位置を、無理矢理移し変えてしまったのかも知れない、と…。人生の色味《いろみ》が、微妙に揺れ動いてしまったのか。

＊

【場面転換】ヘコミや歪みが生じた不時着ヘリのドアを、内側からコジ開けるようにして出て来た操縦士達。誘導される乗客三人は次々とその操縦士に、不時着地点北側の切り立った山肌側の路肩へと連れて行かれる。操縦士は着陸時に負傷したのか、やや右足を引きずっている。それにも拘らず、三人目の老女だけは歩き続けることが出来ずにいたので、途中から、負傷したその操縦士がオブって、路肩を目指した。他の男性客二人は様子や仕種を見る限り、負傷した手足を庇ってはいるものの、大事には至っていない模様だ。

＊

「そうすると、ヘリから避難したその乗客三人を、あなた、助けることが出来たんですね」

「ええ。何とか、やっとのことでね」

キャロはホッとした緩い表情を見せて、そう呟いた。

「とりあえず良かったじゃないですか。さすが名パイロッ…」

その時突然、広川の心の中に明りが灯《とも》った。霞《かすみ》が掛かるようにボヤケていた頭の奥深いポケットの部分が、まるでスコップで掘り起こされ、浮き出て来たかのような感覚であった。そして、床に落してしまったジグゾーパズルのピースを拾いながらはめ込んでいくように、ぼやけて薄くなっているおぼろげな記憶を追い求めて、思い出し、思い出し…。

「まさかあなた…。ちょうどこの辺りで何年か前にあった、あのヘリコプター不時着炎上事件の時の…。そう言えば、このすぐ近くが現場だったんじゃないか?」

キャロは、やっと思い出してくれたみたいだね、とでも言いたげに、広川太一の驚いた顔表情に一瞥《いちべつ》をくれた。

「思い出したぞ。確か、当時大体の状況をつかんだ複数の評論家達が、何もすき好んで高速道路に下りなくてもいいのにと、残念がっていましたよ」

「何ですって?」

「い、いいえ、いいえ。それは結果論であって、私が言っているんじゃあないんですよ、キャロさん。言っていたのは、あくまでも複数の評論家達であって…。そういうふうに、状況を詳しく知らない第三者達は、実情を肌に直接きつく感じることもなく、言いたいことを結構自由に喋るモンですよ」

キャロは、本当に怒っていた。

「評論家だろうと何だろうと、ちゃんと正確に知りもしないで状況も解らずに酷いわね。イヤなことを言いたい放題なんて。もうあれ以上、1ミリだって飛べなかったのに」

もしも仮に、キヤロが全く事故に関わっていないとしたならば、果たしてここまで怒りを露わにするだろうか。そんなふうに広川太一は、自らの心のヒダを細かく動かして推理していた。そして、そんな過去の不時着事件の経緯を思い出したことで、それまでの自分の記憶が、増加関数みたいに昔から直近に向けて回復して来ているのを、己の肌で実感していた。隠れていた記憶が明るみへと、徐々に徐々に、蘇る…。

「正確に知りもしないでって…。それはまあごもっともなことなんですが…。ただ、あの事故にはですね、幾つかの尾ヒレが付いていた訳でして…。確かその操縦士は、緊急着陸後の処置の最中に、突っ込んで来た保冷トラックだったか業務用トラックだったかに、運悪くはねられるかして…」

当時評論家達が高速道不時着事件を盛んに議論し問題にしたのは、そういった航空機事故の延長線上に悲惨な交通事故が生じたからなのだ。不時着したヘリの乗客には幸い死者が出なかったものの、路上の不時着ヘリに接触衝突して来たトラックの運転手、そしてヘリの操縦士、合わせて二人が確か、不幸にも犠牲になったのでは…。広川の戻りつつある記憶の中では、その記憶が正しければの話だが、結果論としてそういう不運が付きまとう、当時の文字通りの悲劇惨劇なのであった。

＊

【場面転換】乗客を路肩方向に避難させた操縦士は、右足を引きずりながらも、すぐに30メートル程離れた現場にとって返す。不時着ヘリの前で発煙筒を着火させようと試み始めた。ところが、そんな修羅場に不運が無情にも重なった。不時着ヘリの横腹に積載量4トン程度だろうか、中型トラックが迫って来て、曲がりきれずに衝撃音を立てながら接触衝突してしまった…。荷台の白い塗装の具合や、荷台そのものが大きく炎上していない状況から見て、冷蔵冷凍共用の保冷車のようである。その一方で、発煙筒のヘリコプター操縦士はどうなったのだろうか？　生じてしまった二次災害、無慈悲な接触衝突に、運悪く巻き込まれてしまったのだろうか…。

火災による煙の隙間に、その操縦士は横たわっていた。ヘリの直近で、保冷車にはねられてしまったのだ。血糊が顔面にベッタリとコールタールのようにどす黒くこびりつき、ビクとも動かない。このままでは操縦士の身体は、すでに勢いを増しつつヘリの機体付近に踊る、炎の太い束に包み込まれてしまう。

…と突然、その炎上仕掛かっていたヘリと、そこから30メートル程先までスピンして運転席が変形した保冷トラックから、一瞬大きな炎が生じた。それを皮切りにヘリの方は、大破へと時なく突っ走る。燃料タンクに引火したのか油圧系統なのか、ボンベの系統が誘引爆発したのか…。いずれにしてもヘリの原形が脆くも崩れ始めた。ところが意外なことに、ぶつかって来た保冷車の方は爆発や大破を被ることもなく、炎で気持ちススケてはいるものの、運転席のクラッシュ状態の損壊だけが目立っている。そして…。ヘリのすぐ傍では、勢い盛んになりつつある炎の中に横たわっていた筈の操縦士。その操縦士の姿が、何時の間にか何故か何処かに移動して、視界から消え去ってしまっている…。

＊

キャロは思い出し思い出し話しているうちに、現場の惨状が頭に蘇って来たのだろう。一瞬言葉を詰まらせ眼を固く閉じた。まるであたかも、フラッシュバック状態に耐えているかの様相である。

「ヘリもトラックもひどい有様だったわ。特にヘリは、殆ど原形を留めていないほど、燃え尽きて…」

キャロのその説明を聞いた途端に広川は、今度は当時のテレビの事件報道を、鮮明に頭中に呼び起こしていた。鮮烈な印象をバラ撒いたその事件はしばらくの間、ワイドショーや週刊誌などで報道され続けていた。高速道路への緊急着陸が異例異色であった上に、前述した通り、二人の犠牲者が発生してしまったからである。

「ハッキリ思い出したぞ。あの時のヘリの操縦士は現場で焼死したと、確か朝読新聞やら伝経新聞にも書いてありましたよ」

＊

【場面転換】航空会社からの不時着通報が早かったからなのか、或いは、通行車両の運転手からの非常電話が即効迅速だったからなのだろうか。高速道路事故現場の消火作業が、すでに始まっている。緊急車両、すなわち消防車や救急車、警察車両等が出動して現場の処理に追われている状況だ。サイレンがけたたましい。煙が途切れて視界が拡がる、その瞬間のタイミングに、ヘリの残骸が浮かび上がる。激しいヘリの火炎から、少しでも離れて逃れようとしたのだろうか。何故かその残骸ヘリから30メートルも離れた、保冷トラックの助手席に迫る辺り。つまりトラックの直近である。その辺りに倒れているヘリの操縦士らしき人物が見つかり、担架で収容された。見ればその収容体は、煙や炎の間から見えていた時の、ヘリ傍《そば》に横たわっていた血糊の姿とはまるで異なり、殆ど炭化してしまって黒コゲの状態である。

…煙の中の弱まった幾つもの小さな残り火が、悲惨な状況を点々と映し出している。

＊

広川太一が以前読んで思い出し、それをそのまま吐露した、その新聞の内容。それらがほぼ正確だったのだろう。聞いていたキャロは否定することもなく、ゆっくりとうなずいていた。一方広川は先刻まで、自分の白松ＰＡでのヒッチハイク理由等も含めて、記憶がスッポリと抜け落ちてしまっていた。それにも拘らず、過去のそんな悲惨な出来事を始め、それらに関する細かな記憶が、急速に蘇って来ていた。ヤケに頭がキレキレに鮮明になったなと、自分でさえ、その時の自分自身に不審を抱いていた。

「事故の内容まで、詳しいのね」

キャロにまでそう言われ、広川は何か無下に、疑われているような気分であった。

「新聞やテレビニュースの衝撃映像は、キャロさん、そう簡単に忘れられるものではありませんよ」

事故の第一報は新聞より先に、テレビのニュース速報だったと記憶していた。高速道路から煙が立ち上がり、それはあたかも、交通事故現場の車同士の衝突車両を想起連想させるものであった。

「ひどい現場状況でしたよ、あれは」

ニュース映像は、第三者の広川の眼にも焼き付いて離れないほど、鮮烈な報道だった…。

そんな事件事実の悲惨さが、完全に広川太一の頭中に蘇って来ていた。

＊

【場面転換】原形を留めていないトラックの運転席部分から、人が担架まで引き摺り出された。恐らくそれが保冷車の女性運転手なのだ。遠目には、あたかもススけた灰色の塊に見える保冷トラック運転手の身体は、そのままその担架で救急車に運び込まれて行った。つまりそれまでに、路上での収容体と合わせて合計二人が、別々の救急車に運び込まれたことになる。

救急車の内部では、救急隊員が病院ドクターと連絡を取り合っている。だがしかし、複数の隊員の顔表情には、もはやすでに処置のしようがないというお手上げの状況が、ありありと見て取れる。

処置がすでにほぼ諦められているのは、路上で収容されたヘリの操縦士の方。男性である。

はっきり言って、完全に炭化してしまっている「遺体」だ。

一方、もう一台の救急車で搬送されているのがトラックの運転手、すなわち女性の方である。炭化はしていない。しかし、焼けてはいないものの灰色にススケており、すでに息絶えている様子である。心臓マッサージや、ＡＥＤの通電が必死に試みられたものの、それらの処置はほぼ全て、無念の徒労に終わろうとしつつある。だがそれでも別の救急隊員が、電話でドクターと連絡を取りながら、酸素吸入等の作業を施している。そのロウのような女性運転手の表情死に顔は、七尾光江に似たキャロの顔表情そのものではないか…。

＊

第四章 ―― 操縦士の本音

広川太一は、思い出し思い出し、記憶に蘇って来たニュース特集の映像を脳裏に浮かべながら、運転席のキャロに向って語っていた。何故かしばらくひっそりと頭の陰に隠れていた、過去の時空を撫でた出来事も、当時の鮮烈な強い印象に触発されて生き返り、再び蘇ることとなった。

「あの時のヘリの操縦士は確か、男性だった筈ですが…」

「その操縦士が、私そのものなのよ」

キャロは、ヤケに投げやりにそう語った。そしてそれを聞いた広川は、無責任にも思えるキャロのそのぶっきらぼうな語り口に、いささか反感を覚えた。話の方向が大きく矛盾しているからだ。キャロの当然が、広川にとっては全くの不整合であった。

「あなた、何を言っているんですか。あなたは女性でしょう。だったら、あの時の操縦士の訳がないでしょう。それに、あの操縦士は事故現場で不幸にも焼け死んで、もうすでにこの世の中にはいない人なんですよ」

その話を聞いても、キャロの血は、なお青白く冷めていた。構わず冷酷に落ち着いていた、と言ってもいいだろう。だが、しばらく空けてから…。

「あの時の操縦士は、確かに間違いなく私なのよ」

寂しそうな薄暮の表情を、キャロが顔面、オモテに覗かせた。だからではないけれども、広川は少々慰めの心持ちも織り込み混ぜ込んで、励まして心を軽くしてあげようと…。

「ああ…、なるほど、そうなんですか。キャロさん、あなたはもしかして本当はまさかの…、『コレッ』の方ですか?」

…と言いつつ、広川はおもむろに右手の甲を自分の左頬に寄せて、所謂世間で言う「オネエ」の仕種をしてみせた。

「ふざけているの？　そんな訳ないでしょうが」

キャロは、そっけなかった。

「いやいや、キャロさん。この期に及んでそんなに無理して隠さなくても、いいじゃありませんか。そう言えば、何処かそちら系の店で、キャロさん、私と出会ったことはありませんか?」

「あなた、そういうところに、足繁く通っていたの?」

そのように問われた広川は、キャロに取って返されているとも全く気づかずに…。

「そんな…。趣味とまではいきません、って、私のことはどうでもいいのよ…、じゃない。失礼しました。私のことはこの際、どうでもいいんですよ」

「素地があるのね」

「違います、違います。誤解ですよ、キヤロさん」

何となく広川は、いまだにややぼやけている過去の記憶の中を、探っていた。取材か何かで、そんな類いの店を訪れたことがあったような気もする。そして実際のところは…。うっすらとではあるけれども、自身の人生は、そんな趣味の域までにも程の遠い、結構真っ直ぐな人生だったのではないかと想像していた。自分自身の喋りや風体から、そうであるに違いないと、都合の良い方向に良い方向にと、思いを傾けていた。そう思いたかった。だが尤も、普通世間一般に言うところの、所謂女好きの質。そんな性質が、それはそれは実際にはうまく、というのかコズルくというのか、心の中に秘密裡に潜んでいるのかも知れないのではあるが…。今の広川の記憶の範囲内では、明白な事柄までは、きちんと正確に計り知れない訳であって…。

「私のことはどうでもいいんですよ。いいですか、キヤロさん。話が矛盾しているじゃありませんか。あなたは自分を操縦士だと言う。だが、その操縦士は男性だった。これは間違いのない事実です。しかし、その操縦士当人なんだと言い張るあなたは、外見顔表情、どう見たって女性だ。少し男勝りだけれども」

「男勝りだけは余計よ」

「まあまあまあ、落ち着いて落ち着いて。それにですよ、さらにその上女装しているのでもなければ、『コレッ』でもないと、あなた、御自分でそう言い張っているんですよ」

広川はそう言いつつ、再び「オネエ」の仕種を加えた。何故か何処かその仕種に、無理のない自然な雰囲気が漂っている…。広川自身もそれに気づき、そんな自分自身にいささか嫌悪というのか、ある種の不安を抱いていた。そそ、そんな筈は、無い…。

「ふざけないでよ。あのねえ、『コレッ』じゃないって…。そんなことは、当り前のことでしょうが」

混乱の渦が、眼の前に勢いよく回転していた。広川は頭の中を、この辺できちんと整理してみたかった。記憶の波が、風と渦でうねり乱れていた。

「あなたねえ、キャロさん。もう一度言いますよ。そもそものへリの操縦士は、二年前のその事故で、死亡しているんですよ。ぶつかった保冷車の女性運転手とともに」

二年前という具体的な時期が広川の頭中に蘇り、それがスラスラと湯水のように、口元から湧き出て来た。間欠泉の如くに噴出して来る、記憶の波…。

「確かに…。二年前にね」

キャロは冷静だった。事実としてそれを受け止めている、という証しであった。

「ああ、頭が廻らなくなって来たぞ」

「何なら、私が廻してあげましょうか」

キャロの冗談に、広川は何故か少々、そんな不安の状況下であるにも拘らず、フッと安心感を覚えていた。心の中にお互い通じるエリアを、一応持っているヒトなのかも知れないな、このヒトは、と…。

「頭を廻して、なんてねえ。いいえいいえ、そんなそんな。遠慮しておきますよ」

キャロの本性を、いまだ完全には把握しきれていない状態の、広川太一。だからしてキャロの語り口にはそれまで通りいささか、一抹の恐れを抱いていた。その一方でキャロは、少しだけアクセルを緩めて、トレーラーのスピードを落し始めた。ギヤも一段、低下させたような気がする。

「そんなことを言っているうちに、そろそろ、オダヌマインターだわ」

「オダヌマインター…。オダヌマと言えば、確か何処かで…、聞いたことが…」

その地名も、もう少しで蘇って来そうだった。そして広川は、オダヌマオダヌマと呟きつつ、窓外の闇を見渡した。中央分離帯を挟んで片側三車線、上下合計六車線の幅広い路面部分が、暗闇の中へと真っ直ぐに定規で引いたかのように、長く続いている。

「そうよ。あなたが考えている通り、このあたりよ、私が不時着したのは。…路肩の外の山肌に、供え物台の名残りがあるでしょう」

確かにヘッドライトの明りの中、新たにコンクリートで整備したのであろう灰色の人工的な山肌の一部。そこに、供え物の台やテント設営などに利用したのであろうか、固定用の円形の錘《おもり》、テントウエイト等の部材が、石碑とともに停留所みたいな小屋の中に置いてある。それらが小屋のぬるい終夜灯に、ボォッと浮かんでいるのが、小さく見え出した。

これは、本当に違いない…。と、広川の心がうごめいた。

「今の発言は、極めて大切で重要ですよ。キヤロさんが事故現場を知っている、ということは、なまじウソを言っているということではない証拠であり…」

独り言のような広川の言葉にも、キヤロは応じて来た。

「だから、ウソじゃあないったら。本当のことよ。私の体験をそのまま、あなたに話しているだけなんだから」

「しかし、キヤロさん。いくら本当のこととは言うものの…」

その時だった。急にトレーラーの車体が揺れ、広川は、シートベルトを装着しているにもかかわらず、フロントウインドウガラス目掛けてつんのめりそうになった。

「な、何だ何だ何だ、この異常事態は！」

状況の急変に、アタフタと滅法焦る広川とは対照的に、キャロは至って冷静で、取り乱すこともなく落ち着いている。まるでいつものルーチン、決まりきった仕事であるかのように。

「せいぜいシートベルトを、きつくしておくのね」

車体が…、上昇している…。ウソだ！　でも…、上昇している…。それにつられて、進行方向水平からやや斜め左下方向に見えていた、現場の小屋の終夜灯その他の明りが、広川の視界からサッと急に真下の方向へと、こぼれ落ちて行った。そしてそれらと入れ替わるようにして、満天の星空が、広川の視野内部に惜しげもなく拡がって来る。何と、ヘリコプターへと変身しながら、乗っているトレーラーが上空へと一直線に飛び上がって行く。やはり思っていた通り、夢想の世界なのか。

「ととと、飛んで、いる…」

キャロは無言で運転、否、操縦を続けていた。

「ど、どうして…。これは車でしょ。トレーラーじゃありませんか。どうしてこんなふうに空を飛べるんですか」

キャロは、広川の驚愕に満ち満ちた質問に対して、焦ることもなくおもむろに返答する。

「この車体はそもそも、トレーラーじゃない。あの事故の時に不時着した、ヘリコプターの乗り移りなの」

何とキャロは、広川が乗っているトレーラーが、車両ではなくヘリコプターの変身乗り移りなのだと、平然と言い放っているのである。

「冗談は、あなたの顔と非常用のバケツだけにしてくださいよ」

「これは悪いけれど、冗談じゃないの」

キャロの表情は深刻ではなく、どちらかと言えば軽快そうであった。自分のホームグラウンド、本職に戻ったから、ということなのだろうか…。キャロの心も、今は羽を抱いて飛んでいる。

「夢だ、こんなこと。空飛ぶトレーラーだなんてそんな…。そんなことはねえ、絶対に信じられるものか」

「だから、本当にトレーラーじゃなくってヘリコプターだよって、何度も何度も言っているでしょうが」

「知り合いに何て話せばいいんですか。乗せて貰ったトレーラーが、突然空中に飛び上がった、だなんて…。そんなことを言ったらキャロさん、私はそれこそ、しばらくお休みなさいと病院を紹介されちまいますよ」

キャロはそんな広川の言いぐさに対しても、平然と対処していた。何も何処も理に適っていない部分はないだろう、とても堂々と言いたげに…。

「あなたねえ、そんなに病院に行きたいのなら、私が紹介してあげるわよ」

「あのねえキヤロさん、冗談はもう…」

「そのバケツだけにしているの」

キヤロのあまり似合わない返答ジョークにも、広川はカケラも乗れる心境ではなかった。

「こんなこと、悪夢だ…」

キヤロが取り乱すことなく平然と応じれば応じるほど、広川は、今あるこの状況を益々呑み込めなくなって、混乱の度合を増幅させていった。それどころか逆に、慌てふためく姿をまるで広川の前に披瀝《ひれき》しようとしない、キヤロ。そんなキヤロがもしかしたら、やはり同じ人間の部類には属さない新たな生き物なのではないかと、実に変な恐れをも抱いていた。

「あなたにはもう、知り合いにこの話をするなんて、そんな機会はありはしないと思うわ」

「機会が、ありは、しない…。どど、どういうことですか」

広川はさらに怯え、心が細かく波打った。もう現実の世界には、二度と帰れないのかも知れない…。そんな恐怖の黒くて太い悪魔の帯感覚が、彼の脳裏を大胆に幅広く、過《よぎ》りつつあった。

「実はね、あなたを乗せたこのヘリのフライトプランは、ずっと以前から予定に組み込まれていた、計画通りの管理運航なのよ」

「そそ、そんなバカな」

今回の一件は、広川が白松パーキングエリアで何故か記憶を失って、トラック運転手等にヒッチハイクして、その場に居合わせたキャロが広川を拾った…。そういう経緯に端を発している。つまり、偶然の出来事を端緒とする産物である筈だ。しかしながらキャロは、すべてが計画的に引き起こされた、シナリオ通りの出来事だと言い張っているのだ。

「あなたに、そんなバカなと言われても、事実は事実なんだから」

広川は考え込んでしまっていた。その間にも車体、否、ヘリの機体は、無気味に横揺れの小刻みな振動を、まるで生き物の呼吸のように繰り返している。

「そう言えば…、待てよ。さっきの白松パーキングエリアでは…」

広川は、キャロのトレーラーに拾って貰った白松ＰＡでの深夜の状況経緯《いきさつ》を、再び思い起こしていた。

あの時、ウソの話をでっちあげて、とにかく運転手達に信じて貰おうと努力していた。時間を少し巻き戻すと、広川のロケバスがパーキングエリアに停まっていて…、そのドアから広川が降りて来る…。広川の脳裏にウッスラと過去のシーンの断片が、遠慮もせずに無作法に舞い降りて来た。ロケバスの窓外から見える車内のスタッフ達は、総じて縛られたように、座席に無機質に座ったままだ。そして、それら例外無く眼を閉じている無表情さは、異常なまでに冷酷冷徹に感じられる…。氷の、冷気…。変化に乏しい、寒色…。

「今思えばだけれども、あの時他の仲間とおぼしき人達が、凍りついたように何も話さなくなり、動かなくなってしまった…。最初は深夜だし眠っているのかと思った。だが、全員が全員そんな深い眠りについているなんて、やっぱりおかしい」

一瞬、沈黙が走った。何かが、フッと舞い降りて来た。心に、感じる…。

「…仕組んだのよ、私が」

広川はキヤロのその言葉に、返答する言葉が見つからなかった。

「一瞬、あなた以外の人の時間を止めた。そしてその瞬間に、あなたのそれまでの記憶を消して、別のファイルに移したの」

あの時の実際の広川は、周囲の異常には何も気づかずに、結局自分だけが降車して時間を費やして、このロケバスを止めるんだな、皆を待たせるんだな。…そう感じてとにかく早くトイレを済ませなくてはならないと、急ぎ足でマイクロバスから離れて行ったのだった。何故か無意識に、所持品も何もかも持たずに、スウッと…。

「キヤロさん、あなたが本当に、あれを設定したと？」

「ええ…。普通なら、スマホも財布もハンカチも何も持たずにバスの外にって、まずはあり得ないことでしょう？」

深夜の満天の星空の下、操縦席には、広川といまだ得体の知れない、キヤロ…。ヘリのメインローター音が、やけにはっきりと聞こえて来る。広川は思わず、自分の頬をツネってみた。

「やっぱり、痛い…」

「まだ信じられないのね。でも全てがありのままの事実なんだから、仕方がないわね」

「しかし…」

「そう言えば、しかしもカカシもない、なんて、あのパーキングエリアでドライバーが言っていたわよね」

キヤロと取っ組み合いの末に負けたヒゲのドライバーが、確かにそんなことを言っていた。そしてさらに広川は、きちんと確かめておきたいと感じて…。

「あの集まり自体も、キヤロさん、本当にあんたが仕組んだことなんですか」

一方のキヤロは、それに対しても悪びれることはなく、さらに淀み無く応じる。

「ラーメンでムセている人が一人でもいれば賑やかになるかなと思って、あのように設定してみたのよ」

「やっぱり、あれもキヤロさんの…」

確かに、あのラーメン飛ばしはわざとらしいなと、事実あの時感じていた…。

「あそこに人が集まって来るように、少し念を入れて、設定してみたのよ」

あのエリアでの光景が今、広川の脳裏に鮮明に浮かび上がっている。そしてそのこと自体も、キャロが事前に何か細工をしたから生じているのかも知れないなと、広川は、さらに疑心暗鬼に陥っていた。ひょっとしたら、広川が記憶をなくし続けていたことも、そして広川に少し前から生じている、記憶が戻り出して来た現象。そんなタイミング自体もすべて、キャロの仕業なのかも知れない…。全てが作為的に創り出された幻影なのか…。そもそも広川が腹痛を急に引き起こして降りた場所が、設備充実のサービスエリアやハイウェイオアシスではなく、簡素な設備のみのパーキングエリアだった。そんな現象にも、偶然とは言えぬわざとらしさが漂って来る。

「事実なのは、あなたがあの白松パーキングエリアでウロウロしていた、ということ」

「今思えば、あそこに並んでいる車は、ほぼほぼ大型のトレーラーばかりだったような…。普通なら中型トラックや小型車がもっと沢山、いてもいい筈なのに…。いや、それだけじゃない。逆に、あれだけ沢山の大型車両がエリア内にいたのに、停まった私のマイクロバスの両側だけが、最初は確か小型車、つまり普通の大きさの自家用車だった。今思えばあれは確かに、不自然極まりない様子だった」

広川の記憶が徐々にベールを剥していくようにして、ぼやけていた焦点が合い始めている。

「不自然に設定していたことも確かに多かったわね。何ぶん調整する時間が少なくて、限られていたから。それも後から考えればちょっと変だね、という結果論だけれど…」

ああ、そうだったのかと、広川は、キヤロからその時のタネを明かされて、トレーラー等大型車両だらけのパーキングエリアのそんな異様さに、逆に奇妙な妥当性を感じていた。キヤロの設定の細かなずさんさというのか、妙に雑な部分が影響していたのだ。

「必死になっていると、そんな不自然さにも、気づかないものなのよ」

「そんな悪知恵なんか、とても働きそうもないような、端正なモデルのような顔つきをしているクセに」

キヤロが、再び広川を睨みつけた。

「さっきまでは、私の顔がおかしい、とか言っていたでしょうが」

「ブンタ似だと言ったんです」

「うるさいのよ」

キヤロの怒りは軽かった。トレーラーがヘリに変身して飛び上がってから以降、キヤロの口調もそれに比して、心持ち軽く浮力を増して来ていた。キヤロ本来の、心の姿なのかも知れない。

「まったく…。訳が解らん。ああ…、頭が痛くなる…」

「頭痛だろうと気持ちが悪かろうと、今度は状況が違うわ。安易に扉に触ったり開けたりしないようにすることね」

それを聞いた広川は心持ち、扉からやや肩をずらすようにして、離れて座り直した。

「解っていますよ。信じられないけれども、これはれっきとしたヘリコプターだって言いたいんでしょう」

「それ以外に、一体何だって言うのよ。どう考えても、西洋鉄道レジャーランドの子供用の乗り物ではないでしょう」

天使が舞い降りて来た、とでも言えばいいのだろうか。やや会話に間が生じて、ヘリコプター独特のメインローターの、機械的規則的な回転音だけが響き渡る。無数の輝く星に満ちた天空は、引き続き美しく瞬《またた》いて、ウインドウの視界を独占凌駕している。風が吹き渡り気圧にムラが生じている所為か、星々のきらめきがとてつもなく早い。まるで降り注いで来るようにさえ思えて来る。そして、あたかもそれらの受け皿の幾つかであるかのように、遠くに街の無数のネオンの入った大皿が、何か所にもシマに分かれて輝いている。

広川は、そんな生きている夜景を見眺めながら、ポツリと、これまた生きた言葉をキャロに差し向けた。

「時にあなた、御家族は？」

広川はこの時、キヤロの無表情のオモテに、一瞬《いち》間、接していた広川が心根で感じただけなのかも知れないが、ある種の悲しみの使者が舞い降りて来ているような、寒気を覚えた。

「私の家族は、後回しよ」

「それはまた、どうしてですか?」

広川は、キヤロが自分の家族に触れられたくなかったから答えないのかと、直感した。だが、どうもそのような事情だけでは、なさそうだった。

「だって…。ヘリにぶつかったトラックの運転手には、何の落ち度も責任も無かった訳でしょう。そっちの解決の方が、余程重い課題でしょう?」

「しかしですよ、先程からのあなたの話だと、キヤロさん、どう考えてもその不時着案件は緊急事態。世間で言うエマージェンシーだった訳だから…。それに、そもそもあなただって事故の被害者でしょう」

「いくら緊急だったとは言え、俺が…。いや、私がもっと早く発煙筒を焚くなり、フラッグを大きく振るなりしてすぐに対処していれば、あの車両は助かっていたのかも知れない」

広川にはそれが、後から冷静に考えた際に思いつく、所謂後追いの後悔にしか映らなかった。そもそもキヤロを言葉通りに信じれば、複数の乗客を緊急不時着地点から路肩に、必死の思いで誘導していたのである。しかもそのヘリからはすでに、発煙が勢いを増しつつあり、いつ爆発するかさえ解らない状況だったのだ。広川にはどうしたって、その後引き起こされた人身事故と車両の接触衝突は、不可抗力としか思えなかった。

「精一杯やったんでしょう？　乗客三人全員を無事に救出出来ただけでも、キヤロさん、本当に精一杯の奮闘努力が感じられますよ」

キヤロは、広川の語り掛けなど全く意に介さぬようだ。そして、自らが操縦しているということをあたかも忘れているかの如く、視線の先遠くの幻を、ただただボォッと見眺めていた。

「キ、キヤロさん。また、目が寝ていますよ」

広川のその言葉をきっかけにして、キヤロはフッと正気に立ち戻った。

「キヤロさん、お願いしますよ。ちゃんと運転…。いや、操縦をお願いしますよ。真夜中のフライトだからってねえ…。すいている真夜中の空だからってねえ、そんな…。事故が無いとも限らないでしょうし…。パトカーは、来ない、か。パトヘリ…とか、あるのかな」

広川がそうこぼすと、キヤロはボソッと…。

「トラックの運転手にも、人生があったんだ」

切り替わったその声は、男性の太い声。役者、空道剛の語り口に似ていた。男キヤロ…。

「それはその通りに間違いないでしょうが…。あなたそれなら、一体どういう風にすれば気が済むんですか？」

広川は、とにかく無事に東京に戻りたかった。そんなキャロの言う保冷車の女性運転手への謝罪など、限りなく不可能だと、頭から決めて掛かっていた。何故なら、その運転手がすでに死亡他界している訳であって…。

「気が済むとしたら…。そうだな、いまだに彷徨《さまよ》っている、この女性ドライバーの魂が天空に届くまで、何とか私がフライトし続けられれば、気が済むかも知れない…」

「キャロさん。もしもですよ、もしもあなたがずっとフライトし続けていられたら、その女性ドライバーが必ず、天空に昇れるって言うのですか？」

「そうなるように精一杯努力しているのよ。誰かがそんな役割を、果たさなければならない訳でしょう？」

声質が再び、七尾光江似の女キャロに戻っている。広川には様々な状況説明を聞いているうちに、それらのキャロの言葉が一定の巾をもっておおむね、納得出来る範囲に落ち着いて来ていた。

「努力している…。果たさなければならない…。それじゃあつまり、事故に遭った女性運転手の魂を、天国までキャロさん自身で配達しようっていうことか…」

その後たったヒト間の短い時間ではあるものの、キャロが気持ち口ごもったように、広川には感じ取れた。キヤロの心にも、微細な乱れが垣間見える。

「それはねえ…、それは自分自身の為でもあるのよ」

広川の心の読みが、キヤロの思いのスジに、どうやら合致しているようであった。

「良いところがあるじゃないですか、キヤロさん。鬼の眼にも涙、か」

キヤロの表情が、やや緩んだ気がした。

「鬼の眼、か。私は鬼では、ないけれどね」

「本当だとしたら、あなた、キヤロさん。たった一人で、そんな仕事をしようとしているんですよねえ。魂を配達しようだなんていう、そんな大それた仕事を」

キヤロは広川のその言葉を聞き、言の葉にふと冷たい悲しげな表情を被せた。力が充分に及ばない範囲の仕事。それを心ならずも不完全にしか出来はしないけれども、とにかく精一杯にやろうとしているんだよ。…とそんなふうに言いたげに。

「待てよ。そうすると…。キヤロさん、あなたはやっぱり、男でなければ話が合わなくなっちゃうんだよなあ。何故ってあなた、ヘリを操縦していたパイロットは『オネエ』でもないし、男装した女性でもない。航空会社に勤める普通の男性パイロットだった訳だし…」

広川のその言葉を発端にして、キヤロは意を決したよとでも言うように、操従カン、サイクリックスティックを真っ直ぐに強く引いた。そしてそれをきっかけに、再び機体が上昇して行った。

「あ、安全運転、いや、安全操縦をしなければいけませんよ、キャロさん」

「ぶつかった保冷車からの運転手の救助が遅れてしまった。その一方で、ヘリの操縦士つまり私の本来の身体は、結局路上で燃えてそのまま灰、いいえ、炭になってしまったの。つまり結果として魂だけが残ったのよ」

「魂だけが…、残った…」

ヘリの機体が、落ち着いて高度を保つようになった。そしてそれを機に、キャロは高速道路上の衝突火災事故現場の話を、さらに詳細に語り始めた。

＊

【場面転換】保冷車が衝突した結果、着陸ヘリが炎上し始める。一方、衝突後に30メートルほどスピンして、路肩に沿ってズレた保冷車の運転席は、燃え出してはいないものの、半ばつぶれてしまっている。その保冷車の割れてひしゃげた運転席の窓越しには、女性運転手の顔が見えている…。

「そう。その事故火災で身体が炭化してしまって、行き場無くヘリの傍に漂い残っていた、私の魂。結果私は仕方なく、トラックの運転席に閉じ込められていた彼女の身体に近づき、便乗させて貰った…」

＊

＊

【場面転換】炎上するヘリの残骸付近から何故かかなり離れた場所。保冷車の直近傍《そば》。本来ならヘリ付近で倒れている筈の、操縦士の身体。燃えて炭の塊のようになり至る。そんな操縦士の魂が煙のようにスルリと、横たわった炭の塊から現れ出て、走り高跳びみたいに地上から運転席へと浮き上り、保冷車の女性運転手の身体へと吸い込まれるように取り込まれて行く…。抜け殻となった操縦士の身体はさらに燃え崩れて、まるで人体とは思えない黒い塊と化している。一方、遠くでハリボテのように骨組みのみとなっていたヘリの残骸が、ついに炎の中で崩れ落ちていった…。

＊

「シロウト考えですが、もしかしたらトラックの方が保冷車だったから、そのトラックの女性ドライバーの身体はススケただけで、燃えずに済んだのかも知れないと…」

「ええ。運転席の背後の荷台が恐らくマイナス20℃前後。あなたが言う様にそういうことなんだと、私も踏んでいるわ」

真夜中のコックピット。操従席は冷えているでもなし暖房等で暑くもなし。全く身体に感じることのない平穏な状態と言えば、適切なのだろうか。いや、しかしそんなコックピット内の環境自体も、キャロが機械的独断的に設定した、仮の状態なのかも知れない…。そもそも上空に百メートル上昇すれば、摂氏1℃程度は気温低下がある筈なのだ。…いやいや、違う。これは、幻影、夢まぼろしなのだ。始めからこんな現象が生じる訳がない。トレーラーが空を飛ぶ筈がない。キャロが広川に施した、ある意味催眠術の世界であるに違いない…。

「私は、ヤドカリ。彼女の身体を借りているヤドカリよ。それも私自身の都合の為に。その為に彼女の魂は、いまだに天空に届いていない、という訳なの」

「しかしそんな、訳の解らん信じられないことが、起きるものなんだろうか」

「現にこうして起きているじゃないの。これって彼女にとっては哀れだよね、やっぱり。私は自分の身体が魂よりも先に消滅してしまって、トラックの運転席で死んでいた、この女性運転手の身体に無理矢理便乗するしか、他に道がなかったのよ…」

キャロの身体が一瞬、広川には凍って見えた。そして時間を経ることなく、キャロの皮膚や作業服に薄白い霜が降り始めた。幻の、凍雨…。

「私が彼女にヤドカリしているが為に、彼女の魂は、いまだに彷徨《さまよ》い続けているまま」

「そ、そんなことは…。信じられませんよ」

「現世で調べてごらんなさい。保冷車の女性ドライバーは、関西の農家出身の事故当時35歳。独身。自然災害で家屋、両親と祖母を失っている。悲しい人なのよ。そんな悲しい人に追い打ちを掛けるようにして、私は悲惨な事故に遭わせてしまった…」

「キャロさんの姿はつまり、事故の時のその保冷車の女性ドライバーで、喋っている中身が不時着ヘリの男性操縦士。でも女性ドライバーの感情も交じって出て来ることがある。だから、あなた、キャロさんは時々、『コレッ』みたいに見えることがある。…ってそんな…。ホントですか？」

オネエ仕種を加えながら、広川は、すべてが夢であって欲しいと、再び念じていた。

「私はせめて、彼女のこの幻の身体を彼女だけのものに戻してあげたい。この幻の身体はねえ、本来なら彼女本人の魂を天空に運び込む為だけにあるもの。それを…、私は…、無理矢理…。邪魔している…」

キヤロの言葉が詰った。

「キヤロさんの言うことが本当だとしたら、やっぱり私だってそう思うでしょうねえ。居場所を借りている立場であるとすれば…。ただねえ、彼女の魂の方が、最初によくあなたを許しましたよねえって、それは驚きですよ。いくらあなたに接触して、跳ね飛ばした当人だとしても」

不幸にも、過去に被災して家族を失い独り身であったとしても、そして失うものが無いとは言っても、仕事中の彼女の命を、結果一方的に奪い去ったヘリの操縦士。憎しみこそあれ、そんな相手を簡単に許せるものなのだろうか？

＃　＃　＃

「出て行きなさいよ。何も私の身体を選んで来ることは無いでしょ。出て行って」

「こうする以外に、どうしようもなかったんです。自分の身体が燃えてすすけて無くなっちまったから」

「殺したいほど憎いのに、相手がもうすでに死んでいるって…。ヒドイよ、これ。私は悪くはないからね。何よ、ヘリの前でウロウロウロウロウロ。ハネただけじゃなしに、私は…、ヘリにまでぶつかっちゃって…」

「あの時は発煙筒を持って来ようと…」

「言い訳じゃないの、そんなこと」

「とりあえずこうしてこのまま、私の魂に身体を貸してください」

「そうやって昇天するのを待つってか。その間、私と同居するって言うの？」

「まあ…。そういうことになります」

「ふざけないでよ。結果死んじゃったけど加害者なのよ、あなたは。私は殺されたの、高速道路上の信じられない障害物で。私はこうして一生懸命に働いて来たの。冷凍庫をしょって一生懸命に動き回って」

「解っています。だが、ヘリの搭乗者を助けるには直近真下の高速道に下りるしか、手立てがなかったんだ」

「自然の災害で身内を全部失った上に、今度は私までもこんな事故で…。即死だよ、即死。一体神様は、何を見ていらっしゃるんだろう。私にばっかり、こんな…」

「気の毒だとは思う。その点は心から謝罪します。本当に申し訳ございません」

「そんなねえ…。土下座をされても私は生き返らない、っていうのよ。せめて、私の身体に居座るなんてことはせずに、出てってよ、すぐに私の身体から」

「私には行き場所がないんです。行くあてが無いんだ、身体が炎で燃え尽きて」

「知らないわよ、そんなことは」

「申し訳ない。だが身体が無くては、天空に昇ることも出来ない」

「だから、そんなことは知らない。あなた、家族は？　いるでしょう、あなたの家族。奥さんとか子供とか」

「それは、いることはいますよ」

「私よりもマシじゃないの。悲しんでくれる人がいるんでしょ」

「そ、それは…」

＃　＃　＃

広川はやはり、強く疑問を抱いていた。

「死亡した被害者が、すんなりと操縦士のキヤロさんを許して、ヤドカリさせるなんて…」

広川のそんな疑問に、キヤロが観念したようにとうとうボソッと、口を開いた。

「見たのよ」

唐突な返答だった。

「見たって…。何を？」

キヤロはその問いに、返答をやや躊躇《ちゅうちょ》した様子であった。しかし、ためらいながらも…。

「私の家族というか…。私の娘を見たのよ、保冷車の彼女は…。映像の中でね、私の娘の敬礼を…」

事故直後にキヤロとなってヤドカリを始めた時、キヤロはこの世の見納めと覚悟して、最後に自分の家族の様子を、思わず保冷車のウインドウに、幻の映像にして呼び出してしまったのだという。

家族を映し出している映像。笑顔の夫人と幼い兄妹の二人が両側に立っている。その娘の方が、キヤロのバックアップ用の操縦士用制帽を、あみだに被っている。

「ごあんぜんに、おとうちゃん」

娘の澄んだ優しい高い声に合わせて、横に立つ兄も母親も、同じように口にしたように見えた。御安全に…。運輸運送業界の、いわば挨拶言葉みたいなセリフだ。娘の父親が仕事に出る際、いつも母親が口にしていたのだろう。それを娘がしっかりと覚えていたに違いない。御安全に…。

さらにその言葉に続けて、大きな制帽の娘が突然、ふざけて笑いながらカメラにヨチヨチトコトコと近づいて来て、三歳にしては見事な敬礼をカメラに向けた。これも、父親の制服姿を普段から見ており、敬礼を知っていたのだろう。兄も母親も近づいて来た。娘のシャキッとしたその敬礼姿に、横から大きな左手がフレーム枠の外からそっと近づき、柔らかくその娘の頬を撫でた。それは、他ならぬ生前の操縦士キヤロの左手だった…。

「ありがとね。ホントにありがとね。御安全に…」

それが、全日本運航回転翼航空機担当主任操縦士、キヤロ生前の、家族への最後の言葉だった…。

そんな映像を、保冷車の女性ドライバーの魂が、偶然被災現場で共有してしまったのだ。彼女の心が、操縦士の娘の映像を見て大きく波打ち動かされたのか。事故現場が悲惨な状況下であったにもかかわらず、それに反比例するかの如く、女性ドライバーの心が揺り動かされた。私の人生も、確かに悲惨で無茶苦茶だ。でもそんな私よりも、この間借りしているヘリの操縦士の方が、もしかしたら余程悲しい境遇であり、苦しい境地なのではないだろうか、と…。

「それで、二つの魂が一つの身体に共有されるということに、結果落ち着いた。抵抗が小さくなった…。ということですか…」

キャロの詳細な説明は、全くの初対面である広川の心の内にも、響くようになって来た。事故死した二人の生前の人間模様に、広川は心を奪われそうだった。心根が涙に揺れる…。

「広川太一さん…」

経緯を説明したキャロがヤケに改まって、そう言い放った。

「何です？　急に改まっちゃって」

広川に対して、キャロの物腰が急に整った気がした。広川は引き戻され、その声の響きに一瞬たじろいだ。心が、ざわめいた。場面、転、換…。

「あなたの身体を提供して」

「はぁ？」

「彼女の魂を、何よりも先に天空に送りたいの。だから私の魂を、あなたの身体に…」

広川は最初のうちは何のことか、全く意味が解らなかった。しかし徐々に徐々に、その暗い闇の縁から先。その先の遠く…。ぼやけずに見えて来るような心情が、広川に備わっていった。

「身体が二つなければ、彼女の魂と私の魂を分けて、天空に運べないでしょう」

「それで…、私の身体にあなたが便乗？」

キヤロは静かにうなずいた。広川にはキヤロの言っている話の意味が、おおむね呑み込めるようになって来た。

「あの…、それじゃあ私はどうなるんですか、私の魂は」

それに対してキヤロは、やけに淡々と応じた。それが広川には意外だった。

「あなたの魂は大丈夫です。それは私に任せて欲しい」

「ちょ、ちょっと待ってくださいよ、キヤロさん。あなた、私の身体に入って、私の魂と同居出来ると、考えてはいませんか？」

「その通りよ。充分に出来るわ」

呆気なくキヤロがそのように口にした。逆にそれを聞いていた広川は、我を忘れ猛烈に焦った。焦眉《しょうび》の急である。

「ジョ、ジョ、冗談じゃないよ…。虫が良過ぎるでしょうが。自分達の為に、最悪、私に死ねと言っているようなモンじゃないか」

「あなたはねえ、死をそのようにすべての終わりと捉えるから、抵抗を感じるのよ」

広川は咄嗟に危険を感じた。そして、カラアゲ騒動の際に見つけた、自分の左側の座席脇下にそのままある機材ボックスから、そっとレンチを取り出して、きつく握りしめた。

「死んでしまったら、すべてが終わりじゃないですか。夢だって希望だって」

「そんなことはないわよ。死は無限への果てしない拡がりよ」

「バカな。そんなことはウソもウソも大ウソだ。妄想だよ」

広川のレンチを持つ左の手に、自然と力が集中して強まった。そしてそれを知ってか知らずか、キヤロが、キヤロがタイミングよく、そんな広川を制した。

「私を壊したら、このヘリも同時に壊れる」

キヤロが、私を壊す、と言った。広川はその、壊す、という言葉の無機質の響きに、強い違和感を覚えていた。

「私を壊したらこのヘリがどうなるのか、ちゃんと考えた方が身の為よ」

広川は、キヤロの言葉に二の句が継げなかった。そして、すべてがキヤロにお見通しであることを悟った広川は無念そうに、握っていたレンチを右手に持ち替えることもなく、座席左下側備え付けの小物ポケットに隠した。そして今度は横から、キヤロの首筋をジッと見眺め、見定めた。もうこれしか方法はないと、広川の震える両手がキヤロの首筋へと、ソロリソロリとゆっくり伸びて行く。

「それも駄目」

「えっ？」

広川は、伸びた両腕を瞬時に、驚いたネコのように引き縮めた。

「よく考えなさいな。操縦士がいなくなるっていうことなのよ」

キヤロはその時、脇目も振らずに操縦していた。しかし同時に別の視界眼界から、隣に座る広川の行動心理を巧みに読み取っていたのだ。恐れた広川の両手の動きが、ピタッと不自然に止まる。

「操縦だろうがヘリだろうが、元のトレーラーだろうが、全てが幻影で、キヤロさん、あんたの作り物。嘘じゃないか。まぼろしじゃないか」

「そんなまぼろしでさえも、全てが消えてなくなっちゃうんだよ、広川さん」

全てが消えてなくなる、という一言に、広川は、さらに強い恐れを抱いていた。

「警告するけれど、私に触ると剥がれなくなるからね」

「そ、そんなことが…」

広川は疑いながらも慌てて、両手を自分のもとに引っ込めた。

「凍っているのよ。保冷車の荷台どころではない、マイナス40度」

「マイナス40度？」

「服の表面が金属みたいに滑らかに凍っているから、手を突いたら皮膚がくっついて完璧に剥がれなくなるわよ。所謂、投錨《とうびょう》効果っていう現象」

冷凍保冷車の通常保冷限界温度よりも格段に低い温度設定。マイナス40度まで低下しているという。気象観測でも湿度が算出出来なくなるような境目の、超低温だ。そんな中で皮膚を突けば、接触部分だけが体温で瞬時に融ける。その液体が皮膚のしわや指紋に入り込んで、再び瞬時に凍結する…。つまり投錨効果…。

「クソゥ。あんた、そんなに私の身体が欲しいのか」

「ええ、欲しいわ」

キャロは淀み無く、そのように答えた。それがキャロの正直な心根なのだろうか。

「最初から私の身体を狙っていたんだな」

「さっき言ったように、全てが計画した通りなのよ。計画通りに事は運んで、その結果がもうすぐ出て来るわ」

「それじゃ、さっきまだヘリになる前、私が白松パーキングエリアで用足ししていた時の行動。あれを、どうして、また再び細かく根掘り葉掘り、私に尋ね直したんですか？　あなたの計画した行動の通りだったたと言うんでしょう？　それなら、私に改めて訊く必要がないじゃないか。キャロさん、事実あんたが前もって設定した通りの行動だったんでしょう、私の採った行動の全てが」

全てが計画通りの行動だなんて、広川には到底信じられない絵空事であった。トイレの為にマイクロバスを下車したという話も、記憶があいまいな時に広川が困って作った、所謂「盛った」作り話であった。計画通りに練り上げられた話なんかでは決してあり得ないと、広川自身、心の中で自信を持って言い切ることが出来た。

「確かに私は全てを設定したわ、あなたの記憶を飛ばした後に、あなたの行動を事細かに念じて。でもそれを一つ一つ確かめることはしていなかった」

「確かめること…」

「そうよ。だから確認の為に、あなたに訊《き》いてみたのよ。どれだけ私のプランが遂行出来ているのか、と。勿論、結果は完璧だった」

キャロは、自分の力がきちんと及んでいたのかどうかを、確認したかったのだった。

「キャロさん。どうして私なんですか。特に美男子でもないし、金持ちでもないし、有名人でもないし…。多少役者の河村大樹に似ているかも知れないけれど…」

「そんなことはすでにもう全部織り込み済みで、とっくに認識しているわ」

「…じゃあ何故？」

選ばれたのが偶然だったとは、広川自身、経緯からしてどうしても考え難かった。

「そんなに、私の説明を聞きたいの」

「ああ、聞きたいですよ」

意を決したとでも言いたげに、キヤロはコックピット前面のスイッチの幾つかを操作しつつ、おもむろに広川に向って言葉を発した。

「フロントコックピットウインドウを見ていてごらんなさい」

キヤロがそう言ってしばらくすると、暗闇と星空の世界だったフロント正面のコックピットウインドウが、急に映画のスクリーン画面のように明るく変化し始めた。同時にその一方で、相変わらずコックピットの計器類は、目映いほどに無数の点滅点灯を繰り返している。そして転じて今度はその上部、ウインドウの広いスクリーンに、一人の白髪老人が、アップで写し出された…。

…とその瞬間、機体が想定外に急降下して、コックピット前の二人の身体の向きが、真下、まるで直下に向い始めた。シートベルトのおかげでようやく操縦席にくっついている、という状況である。その急変はあまりにも、というか絶体絶命の危うい状況状態で、広川はとてもではないが生きている心地がしなかった。呼吸さえもが、ままならない…。

「ま、真下に向っている。…どうしたんですかキヤロさん。危ない！　私達はＪＪＡＸＡのハカタさんやノノグチさんじゃあないんだから」

その現象は、キャロがわざと引き起こした状況ではなさそうだった。望外。…そう、キャロにとっても予想外想定外の出来事だったのだ。

「あなたの現世でのプラスの生き様に吸い寄せられたんだ。おかしいわ。こんなに強いプラスの引力は存在しない筈なのに…」

「た、助けてくれえ〜」

大絶叫。…実に降下率の高い、まさに危うい直滑降だった。底知れぬ地面まで、あとどの位の距離があるのだろうかと考えながら、下向きの高速エレベーターに乗っているような状況で、奈落の底へと一目散に落ち込んで行く。広川は、すでに諦めていた。これだけの高速で地面に激突するのなら、痛いとか熱いとか、そんな生き物としての感覚すら何も感じることなく、瞬時にあの世に送られるのかも知れないな。…とそんなふうに腹を括っていた。しかしながら、状況が再び徐々に徐々に変転していった。フロントコックピットウインドウが少しずつ、明るく変わって来たのである。そしてさらにしばらくすると、機体のバランスが直滑降モドキから水平方向へと、徐々にゆっくりと安定していった…。

「もう、大丈夫」

比較的冷静ではあったキャロの方も、フッと一仕事を終えたという安堵の声質に至った。

「覚悟を決めていましたよ。もうっ…。どうでもいいけれどねえ、キャロさん。ここから先は安全に操縦してくださいよ。なんだよ、もう…」

「一応了解したわ。さてと。前の画面、見ていて」

凍りかかって流れずに気になる額の汗を、手のひらで拭い取りつつ、今度は何が起きるのだろうかと、広川太一は恐る恐る目の前の黒いウインドウを見つめ出した。

第五章――広川太一の居場所

暗黒の闇を映し出していたフロントコックピットウインドウでは、あたかも映画のワイドスクリーンのように…。表現を変えれば大型液晶テレビの大画面のように、動画像を結び始めた。それは…。

見えて来たのは、ベッドに占領された寒色系ライトブルー色調の一室だ。壁の模様はそれほど目立たない。二十畳ほどの間取りで、極端に広くも感じられないその部屋には、高価な電動ベッドが中央に配してある。本棚やサイドボードに大型液晶テレビ、さらにはシャンデリアなども彩りを添えている。…ということは、その部屋はおおむね主役が電動ベッドだとしても、病院の一室、例えて言えばＶＩＰ特別病室等ではないようだ。家具が揃い過ぎている。もしかしたら普通一般の邸宅自室、それも仕事に用いていた書斎であるのかも知れない。そしてそのベッドの主であるに違いない老人が、薄手のグレーカラーシルク様の掛け毛布に包《くる》まって、看護師等の介護を受けている。そんな看護師及び介護士達の数は合計六人と多い。

介護士も年配から若手までの男女四人。そのうちの一人が、着替えとタオルを用意しているので、恐らく決められた入浴の時間…。いや、ベッド脇に置いてある電動の車椅子は、ブルーのカバーがスッポリと掛けられた上に、そのカバーが外れないように、わざわざゴムベルトで固定してある。…ということは、この時間は入浴ではなく、この老人の身体をベッド上で清めようとしているのかも知れない…。そんな推測が無理なく立って来る。

一方ベッドの主は、相変わらず横たわったままで、看護師介護士達六人のなすがままにさせている。普通の介護や看護なら多くてもせいぜい、担当は二人三人程度だろう。訪問入浴介護ならば、看護職員一人と介護職員二人が相場だ。そんな処からもこの老人が裕福であり、ゆとりのある生活を営んでいることが読み取れる。白髪、米寿前後の小柄ではあるが、意識は混沌とはせずに明晰な様子で、盛んに介護士達に話しかけている。その周囲の介護士達はモスグリンの制服姿なので、恐らく老人の身内ではないのだろう。さらにベッドや介護士達の周辺を、大き目のモップを手にした薄茶の作業着の年配男性が、盛んに床を拭いている。こぼれた水で滑ったりするのを防いでいるのかも知れない。５Ｍ社製防塵マスクで表情は読み取れないものの、手慣れていることから、やはり専属の使用人、清掃人なのだろう。

そして…。老人の身体とシーツの間に、ブルーの防水シートが挟み込まれる。思った通りベッド上で老人の身体を介護士達が清め出した。…ということは、この老人がベッド以外の場所には、もはやあまり移動することのない日々一日を送っている、ということが把握出来る…。

「こ、これは…」

そんなコックピットウインドウの情景映像を目の当りにして、広川太一は衝撃のあまり驚き絶句した。言葉の流れが、続き進む画像の強いインパクトに、容赦なく堰き止められた。

「驚いたようね。そう。あなたの未来よ」

自分の未来と聞いて一瞬、広川は身がすくんでしまい、返す言葉をまるで失っていた。

「このコックピットウインドウにはね、必要とするアドレス画像が、写し絵みたいに動画で浮き出て来るの」

「これが…、私…」

「ええ、この画像が…。確認してみたの。あなたは確かに未来でこうして生きているわ、こんなにふうにして。当のあなたはどう思う？　この映像を見てあなたは充分に幸せ？」

映像に気を取られ、キヤロの話す言の葉一枚一枚が、まるで上の空になって散らばってしまった。

「身内はいないのか…。まあ、今だって私は一人みたいなものだけれど…」

そんな広川の独り言を聞くやいなや、キャロは満を持して語り始めた。

「養護施設の出身。親類縁者とは生き別れで、身内の顔を誰一人として知らない、フリーのカメラマン、広川太一」

やはりカメラマンだったのだと、心のどこかで安堵している自分、広川…。

「あなたはやっぱり、私を調べ上げていた…」

「この画像で見る限り、とある一人の老人とその周辺、っていう感じね。それまでには当然、結婚や同棲の経験を踏んでいるのかも知れない。会社員やアルバイトの経験も多く積んでいるかも知れない。でもこの映像で見る限り、この時点では独り身の可能性が高いわね」

映像の中心に映るその白髪の老人は、シルクグレーのガウンを身にまとい、全てを周囲の看護師や介護士に委ねて、まるで童話の中の王様のようにも見えて来る。

「い、いやだ。こんなのは、いやだ」

そう言いつつ映像を見終えた広川は、思わず、自分の左脇の扉のサイドウインドウを、左手拳で大きく叩いた。するとそれをきっかけに、前景となっていたコックピットウインドウの白髪老人の部屋の映像が、フッと飛ぶように消えてなくなった。切れてしまった、と言ってもいいほどの、突然の消失であった…。巡って主役が、真夜中のコックピットに戻って来る…。

静かなエンジン音。規則的なメインローターの回転音。テールローターブレードやスロットルレバーの変更音は、殆ど微細で感じ取れない。操従席では通常の夜景ときらめく星空が、何もなかったかのように、ヘリを静かに穏やかに包み囲んでいる。

「未来のあの生活がいやだと言うのなら思い切って、どうよ広川さん。あなたも私と同じように、現世とあの世の間をまたに掛けて、働いてみる気はない？」

「またに掛ける…。それも御免だ」

「何でもダメなのね。わがままな人だね、あなたは」

広川はそもそも、フロントコックピットウインドウに自分の未来が映し出されていた、などということ自体が、いまだに信じられなかった。そんなことなど到底信じられる筈もなく由もない。広川の記憶を飛ばしたのと同様の手法、何らかの手段で、キヤロが細工して作り出した仕業なのではないだろうか？

「第一、さっきまでのマンガの王様部屋みたいなあの映像が、本当に私の未来かどうかなんて、信憑性の欠片《カケラ》もないでしょうが」

「あの映像は、あなたの未来の映像よ」

「ウソだ！」

「何なら、もう一度お見せしましょうか。そうすれば、はっきりと認識出来るでしょう」

キャロはそう言うと、おもむろにコックピットの計器を操作し始めた。そしてしばらくすると再び、暗黒のフロントコックピットウインドウを背景にした、大きな映像画面が流れ始めた。動画である。それは紛れもなく、先程の大富豪老人の部屋の映像だった。ただ、しかしながら…。もしかしたら、実際の時の流れとの乖離《かいり》があるのか…。

映像が突如、乱れ始めた。白いヘアライン筋が無数に画面に流れて、その映像が正常に定まらない。そして、そのただならぬ異常を認めたキャロが、コックピットの計器を調整しようと万策試みるが、映像の方は変わらず乱れたままで、一向に鮮明な映像に戻らない。当のキャロも当然、そんな異常事態に慌てていた。

「こんなトラブルになるなんて…。どうしてなの」

対する広川太一は、投げやりだった。

「操作ミスじゃありませんか？」

そんな態度を見越してか、キャロは広川に怒りの一瞥《いちべつ》をくれた。

「私が、単純操作ミスをする筈は、ない」

疑心暗鬼に聞いていた広川は、やはりここは命あっての物種、大人しく自重しておくのが一番だなと、心に言い聞かせていた。

…と突然、機体が急に降下し始めた。二度目である。その際特に、キャロがめぼしい新たな特殊操作を加えた様子は、全く見当らなかった。

「こんな不安定な飛び方をして…。それでも操作ミスじゃないって言うんでしょう？　だったら考えられるのは、故障じゃありませんか？」

「計器を見たって、何処にも異常は見当らないわ。エマージェンシーも点滅していないし、全てが正常だって、機械が教えてくれているわ」

ヘリが、ガクンガクンと大きく揺れて傾いた。しかし、トランスミッション油圧レベルや主駆動軸の動きにも異常は見られない。

「正常といっても、キヤロさん。…あなた、危ない！　こんな酷い状況を、どのように説明するんですか」

まるで機体は、ジェットコースターが降下して行くかのようにして、真夜中の星空の空間を切り裂いて落ち込んで行く。ついに広川の悲鳴がコックピット内に鋭くこだました。そして、そんな矢のような鋭利な声の響きが天空に届いたのだろうか、地上すれすれのところでやっとのこと、ヘリは機体を立て直した。

…紙一重の無事であった。そしてコックピット助手席の広川太一は、それらのきつくて長い動乱の影響によって、もはや憔悴し切っていた。

「気持ち、悪い…」

「いいわ、そのバケツを使いなさい」

「このバケツも、気持ち悪い」

広川は正直な話、腹の中を一切合切、戻しそうだった。

「何なら、ドアを開けようか」

広川は、すでにしっかりと認識していた。高速道路上ではなく、自分がいる場所が何故か、幻の世界であろうと何であろうとともかく、大空を舞うヘリコプターの中であるということを…。そして、ドアを開けようかとシニカルに平然と冗談を言い放つキャロに対して、広川は必死になって首を左右に振っていた。

「そもそも私は…、こここ、高所恐怖症なんだ」

「それじゃあ仕方がないでしょう。バケツを使うか、頑張って我慢するのか、どちらかだね」

そんな言い争いをしているうちに、再びコックピットに映像が灯《とも》り始めた。きっかけになる様な新たな操作をした気配は皆目、見られなかった。自然におもむろに、映像が始まった。

しかしその映像は何故か、先程の大富豪の部屋ではなかった…。

「こ、これは…」

「記憶がだいぶ戻って来たようね」

広川はその映像を見て、明白に思い出していた。そして、同時に唖然としていた。見たことのある見覚えのある、光線の束を若干照度落し気味にしたような、部屋の内部映像。熱帯魚が入った大きな水槽が、画面中央に映っている。そのすぐ傍には、椅子に座る女性の後ろ姿が…。さらに『多摩川北シルク印刷制作』と広告の入った、大きな風景写真…。

「これは私の部屋だ」

それに呼応して、すぐさまキャロが質した。女性らしき姿が映り込んでいるからだろう。

「自分の部屋、ねえ。あなたやっぱり、アッチの趣味だとか、或いはもしかしたら女装の趣味があるっていう訳ね…。私に向って、『コレッ』の趣味があるでしょうなんて、よくも言ってくれたわねえ、広川さん」

そう言うキャロは、緩く掌の甲を自らの頬に当てて示している。キャロには世辞にも似合わぬ仕種であった。それを見た広川は、すこぶるすこぶる、気持ちが、悪かった…。滅法慌てた。そしてよせばいいのに…。

「冗談じゃない。冗談じゃないですよ。私がそんな趣味…。そんな趣味はない…、筈…」

キャロはそれを聞いて、はは〜んと頷きながら、広川を一瞥した。

「ズボシ、かも…」

「でも映っているこの女姿は、絶対に私ではない！　どうしたってこんなにそれらしく女っぼくは、ならない！」

「それじゃ、この女性の後ろ姿は、一体誰なのよ。あなたの留守中に知らない女性が意味も無く、あなたの部屋の水槽の熱帯魚の前で、のんびりと寛《くつろ》いでいる、って言うの？」

当然のこと広川は対抗して、弁明の言い訳を試みた。しかしそれを一方的に、キヤロが掌で、横の広川をキッと制した。コックピット画像の様相が突如、急変したからである。

ソファだ。レザーのソファに座り、ボォッと水槽の中で泳ぐ熱帯魚を見つめている…。その女性の顔表情が、明白に映り始めたのだ。だがその女、水槽の熱帯魚を見眺めている一方で、透明ベースコートマニキュアに光る右手の薄ピンク色の爪が、細かく木目テーブルを叩いている。そう言えば女性の視線の先に水槽があるのだが、その水槽の前には、スマホがポツンと一台置いてある。つまり女が心配そうに、そのスマホが鳴るのを待っているようにも見えて来る。

キヤロは、この映像に驚き見入っている筈の広川太一に、横から再び一瞥《いちべつ》をくれた。しかしその張本人の広川は、留守中の自室に他人が侵入しているにもかかわらず、それほど大きな心的ダメージを受けてはいないふうではあった。というのも何故なら…。

「これは秘書兼事務担当の、パートの山城だ。山城洋子です。でも、どうしてあいつがこんな夜間深夜の時間帯に、事務所にいるんだろうか」

キャロは、広川のその説明に、小さくうなずいた。

「なるほど。これだったのね。どうやらこれが、今回の計器トラブルの原因みたいね」

広川には訳が解らなかった。

「どうしてトラブルの原因になるんですか。私の自宅での出来事は、この際全く関係のない事柄でしょう」

「いいえ。関係があるからこうなったのよ。この人があなたの魂を引き寄せて、ヘリのフライトを邪魔したのよ。あなた自身の無意識の高い壁に隠されていて、私も見落してしまっていた」

「この女が、原因?」

「ええ。あなたに興味を持っているわ」

それを聞いて、広川は思わずニヤケて笑い始めてしまった。まるでお門違いのことをキャロが口走っている、とでも言いたげに…。

「こいつはねえ、仕事は出来るけれど、そんなプライベートなつき合いなんか、私は一切したことはありませんよ。言っちゃあ悪いが、ゼニゲバみたいな女です。出納が一円でも合わないと、問い詰めて来るような女なんですよ。ＹＦＧ四菱銀行にでも就職すればよかったんだ」

キャロには、その広川の返答の内容が、暗にあたかも解っていたかのようであった。

「確かに表向きは、あなたが言っているような人に見えるんでしょう。それで私も、あなたが一人で生きていると思い込んじゃったのよ」

「一人ですよ、私は。あなたが言うように、両親だって生き別れてしまい、消息すらよくは知らないんですよ」

「でもあなたにはこうして、行方不明のあなたを心配してくれる人がいる。パートであるにもかかわらず、時間外の真夜中にあなたの部屋にやって来て、待機してくれる人。…待ってくれる人が、ちゃんといるじゃないの」

「そ、それは…」

広川は、反論する術を完全に失っていた。そして、そんなキャロの話に、益々加速がついていった。

「虫の知らせかしら。彼女があなたの事務所に出掛けて行ったのは」

そんな訳はないと、広川は否定的だ。

「彼女を呼び出したのも、キャロさん、どうせあなたの仕業なんでしょう?」

しかしその部分だけは、キャロは表情を一変させて言い張る。

「いいえ、それは違うわ。誓って言うわ。私は本当に見落としていたの、あなたの無意識無関心が原因で。彼女は彼女の意志で、あなたを心配していた。だからこのヘリのバランスが乱れたのよ。私が考えている想定外の、エネルギーベクトルだったのよ」

そう言われてみれば、爪で目の前のテーブルを叩く様子仕種など、心配の仕方が、ごく自然の所作には見えて来る。確かに演技だとか小芝居からは、かけ離れて見える。そこにはごく普通の人としての温度、というのか、ぬくもりさえもが感じられて来る…。

操縦席、真夜中のコックピットは、取り敢えず安寧に立ち戻っていた。ヘリも一定の速度と高度を保って落ち着いている。

「つき合いはしなくても、思い慕うことは出来るでしょう。人っていうのは、そういう局面の方が多いのかも知れないわね。心に思う、とでも言うのかしら。それに、ゼニゲバだと傍《はた》目《め》に見えてはいても、それは将来を見据えた女としての倹約精神でもある」

「バカを言っちゃいけませんよ、キヤロさん。こんな女…。冗談は非常用のバケツだけにしてくださいよ、まったく…」

そう言って広川がキヤロの方を向き、恥ずかしかったのを隠そうとしたのか、馴れ馴れしくキヤロの左肩に、右の掌をぶつけてダメ押しした。それが新たな火種になろうとも知らずに…。

「危ない！」

広川は、すっかり忘れてしまっていた。まさに注意力散漫の大失態。キャロの身体は霜が降りる程の低温、否、超低温なのである。おかげで広川の右掌から手首に掛けて、しっかりとキャロの左肩にくっついてしまった。氷光り、とでも言えそうな、キャロのツルツルとした上着の肩口…。粗度が明らかに低く、滑らかだ。

「あれだけ触るんじゃやないと言ったでしょうに。いやらしいわね」

「いやらしい、いやらしくないの問題じゃあないでしょうが」

広川太一は、この期に及んで冗談なんかを言っている場合じゃないだろう、と心の中で真面目に叫んでいた。そしてシートベルトの抵抗があるので、まさに窮屈この上ない。

「解決策は…。どどど、どうすればいいんですか」

広川は、キャロの左肩に着地している自分の掌手首を、懸命に引っ張ってみた。しかし、力を入れても瞬間接着剤で接合したかのように、まるでビクともしない。大きな力を加えればそれこそ、掌の皮膚が根こそぎ剥ぎ取られてしまいそうな、酷い状況状態なのである。

「ちょっとやそっとで、取れる訳がないでしょう」

「こんな不自然な格好…」

広川の身体がキャロの左肩方向に傾いており、異様な光景に見えて来る。

「こうやって、ずっと私と暮らすつもり?」

再びキャロが、似合わぬ冗談を飛ばした。

「いやなことですよ。こんなジェットコースターもどきにこんな格好で乗り続けていたら、頭と尻が逆さになっちまいます」

広川の側も、心が許す精一杯のギャグ含みの返答。そんな返答を試みていた。対抗意識なのだろうか。

「逆さ人間。あなただったら、それもあり得るね」

「第一私にだって、パートナーになる人は選ぶ権利がありますよ」

「何とでも言いなさい。あなたが何を言おうとも私の力を借りなければ、それに私の力を使わなければ、絶対に現世には戻れない立場なんだから。あなた、広川さんは」

何時の間にかコックピットウインドウでは、描写場面が切り替えられている。まるであたかもビデオテープやＤＶＤの録画再生装置であるかのように、変化（へんげ）している。ヘリコプター不時着事件当時の凄惨な場面が、生々しく流れ続けている。穏やかならぬ、保冷トラックのヘリへの接触衝突場面を再び目の当りにして、広川の心の芯がスックと鋭く立って、引き締まった。

「私を道連れにするつもりだな」

「だとしたら、広川さん。あなたはどうするつもり？」

今度は広川の声が、低く堅く変化した。そして永久に融けぬ氷のように冷たく…。

「あんたを、壊す」

広川は、何時の間にか空いた方の左手で再び、先のトラブル時に自分の座席左下横小物ポケットに、隠すように置き放っていたスパナー。その冷たく光る鈍器を、きつく握り締めていた。そしてその左掌に、さらに自ずと力が込められる。

「私の魂を破壊したら、さっき言った通りよ。それこそ広川さん、あなたは私の道連れになってしまうわ」

それに対して広川は、一層声質を低く太くして、言い放った。一切の情けを絶つつもりであった。

「それなら、着陸しろ。このスパナーが目に入らないか！」

「そんなものが目に入る訳、ないでしょうが」

キヤロはそのように聞き流し、変わることなく冷静に落ち着いている。

「おい、冗談を言っている場合か！　こっちは冗談じゃなくて、本気なんだぞ！」

それまでに見せたこともない広川の鬼気迫る形相に対して、それならばとキヤロも対抗して、自由になる右手右腕で応戦し始めた。操縦に必要なサイクリックスティックとコレクティブレバーは、両足太腿を利用して固定に近い状態で維持していた。その間、足元に設置してある回転抑制機能のあるアンチトルクペダルに関しては、制御がおろそかになるタイミングが何度かあって、その度にヘリの機体全体が左方向右方向へと、無意味に転回した。

キヤロ右手の平手数発が広川の顔面に命中して、広川の戦意が、あっという間に縮小してひるみ込んだ。その隙に、キヤロは素早く広川のスパナーを取り上げて、その場の危険な状況を完全に封じ切った。広川の心の高揚が、引き潮みたいに後退った。

何も無かったかのように再び操縦に専念する、キヤロ。広川の無事な左手で覆い隠されてもまだ、わずかに認められる広川自身の顔の鼻血が気に掛かったのか、キヤロは胸元から白いマフラーを取り出して、広川に手渡した。

「普段からトレーニングも積んでいるし、トラブルや脅迫に負けるような私じゃあないわ。でもね、広川さん。それはそれとして着陸だけは、やめた方が良いと提案しておくわ」

「どうして」

着陸が何故駄目なのか、広川には皆目解らなかった。一時、アンコントロール操従不能にまで陥っていたにも拘らず、キヤロは、何故か今度は地上に降りたがらず、着陸はどう考えても出来ないと、言い張っているのだ。

そしてそんなふうに言い争いをしているうちに、コックピットの映像が何時の間にか、あの白松パーキングエリアでの騒動シーンに切り替わって来ている。

「何か、理由があるんでしょう？　降りてはいけない訳が」

キャロはそれなりに躊躇《ためら》っている様子ではあった。そして、その様子を目にしていた広川は、まだその先に大変なとんでもない、目も当てられない実態が潜んでいるのではないのか？　…と、そんな具合に恐れおののいていた。

「入れ替わっちゃうのよ」

キャロのその一言の意味が、広川には、あまり鋭くは伝わらなかった。だから必然的に、キャロの横顔を不思議そうに見眺めることしか出来なかった。そして…。

「着陸したら、広川さん。あなたの魂が自動的に、あの事故で死んだ私の魂に、すり替わってしまうのよ」

それを聞いて広川は…。

「何？　な、何だって！」

広川太一は自分の耳を疑っていた。

「それに、たとえこのままずっとフライトし続けられるとしたって…」

「フライトし続けられるとしたって…。命の保証は、出来ない…」

広川は、キャロの頭中にある言葉の真意をまさぐり、探し拾っていた。

「そう。そういう訳なのよ。だから…。悪しからず」

「もしかしてそれは、私にはもはや助かる手立てがない、っていうことなのか…」

広川の、そうした落胆のセリフとほぼ同時である。目の前のフロントコックピットウインドウの映像が転換したのだ。キヤロが元来運転していた大型トレーラーからヘリコプターへと大変身して、夜空に飛び上がる場面へと切り替わったのである。第三者として広川が見るその映像は、劇画やアニメを超越した、大規模なスペクタクル画像そのものであった。

「あなたが助かる手立て…。手立ては、あるわ」

広川にとっては、そんなキヤロの言葉の流れが、予想外の響きを持って輝いた。もしかしたら助かるかも知れない。でも、降下して着陸することが絶対に出来ないという幻の空中ヘリから、どのようにして現世に生還出来ると言うのだろうか？

「飛び降りるのよ、着陸しないで」

広川はその言葉によって、今度はギクッと鋭く、心に楔《クサビ》を打ち込まれた気分であった。一瞬にして、かすかに抱いていた小さな希望の塊が、無情の言葉で綺麗に破壊されてしまった。

「あんたねえ、キヤロさん。無茶でしょう。その通りにしろっていう方が、無理スジっていうモンでしょうが。こっちはシロウトなんですよ、シロウト」

広川は、これは絶対にいかんと、態度を再び硬化させた。終わりの始まりを、無理なく連想想起させていた。

「じょじょじょ、冗談じゃないよ」

「こっちも冗談じゃないの。あなたの身体を借りることは一切ヤメ、無しにしたから、広川さん、あなたにはちゃんと、現実の世界に戻って貰いたいのよ」

何故かキャロが、作戦を中止すると言い出した。要するにキャロにとって、広川太一はすでに用済み、お払い箱になってしまった、ということなのだろうか…。

「あんた…。ヤメにするったって…。一体どうして」

広川は恐る恐るキャロに質した。

「あなたには、現世にちゃんとした居場所があるでしょう？」

「そりゃ、自宅や職場はあるが…」

「そうじゃなくって、心の居場所よ。あなたの魂を、ちゃんと強く呼び寄せてくれる人がいる、っていうことよ」

広川は、そんなキャロの話を耳にして、先程の大きな水槽が場所を占める自宅事務所の映像を、思い起していた。

「居場所があるっていうことはね、幻でもいい、呼び寄せてくれる人、必要としてくれる人、かまってくれる人がいるっていうことなのよ」

「…ということは、もしかしたら…。やっぱりあの、山城のこと…？」

キヤロは正面を向いたまま、静かに頷いた。

「ええ、そうよ、あの女性。私が無理にあなたを利用しようとすれば、あの女性の念に引っ張られてしまって、このヘリが墜落してしまうかも知れない。もしも操縦に失敗したら、私達の魂は、あなたも巻き込んで、永遠にこの空間を彷徨《さまよ》ったままになってしまうから…」

フロントコックピットウインドウの映像が、突如プツンと途絶えて、きらめく満天の星空に戻った。

「いいわね。あなたには帰ることの出来る、居場所があって…」

キヤロがそう言った途端に、ウインドウに見えていた満天の星々の位置取りが、変化し出した。やや青みがかった一等星位大きなまばゆい一つの星を中心にして、右回りに、まるでうず潮の引き込みを逆転回にしたみたいに、高速で排出し始める。速度を徐々に増し始めた円運動が、映像の一コマ一コマを、その回転の中心から吐き出して、それをコックピットウインドウに投影し始める。その一連の映像の始まり部分こそ、確かに幾分、遅速に過ぎていた。それこそ会議などで用いるスライド投影程度の緩い速さで、一枚一枚コマ送りのように投影されていた。しかしその後、急速に加速度的に構成が早まっていき、殆どスマホ動画ですよと言ってもいいほどの、上質の映像に醸成されていった。それは…。ある一つの家庭、ある家族の団らんの様子であった。

幼い子供が二人。**ラガーポロシャツ**姿の小学校高学年位の男子と、幼稚園年少位の**デニムサロペット**を着た女児。それに女児が食事するのをサポートするかのようにダイニングテーブル横に寄り添う、花柄**バッククロスエプロン**姿の母親。さらに対面して笑顔で接している、ラフな**マリンブルーオーバーサイズセーター**の父親。容貌が何処となく、役者の空道剛に似ている。家族皆楽しそうに笑顔で満ち溢れている。テーブル中央にはプラモデルだろうか、やや大きめのジェット機とヘリコプターの置物。そして、壁に掛かるアナログ時計の斜め下脇には、棚上にチューリップの盛り籠ミニアレンジメントと、夫婦で撮った際の笑顔の写真立てが、飾ってある。制服姿の夫と妻…。新婚当時の二人の姿を、本拠地である飛行場で撮った写真であろう…。

…と、突然、画像が乱れ始めた。整ったコックピットウインドウの画像に、ヘアライン様の白い筋が何本も浮き立って、さらに笑顔の夫、父親の輪郭のみが薄くなっていく。父親の画像部分のみが…、カラーからモノクロに、モノクロから単色点描に。そして点描密度をさらに減らして…、消え去って行った…。

そんな変化につれて、その速度と正比例するかのようにして、周囲が徐々に徐々に回転し始めた。今度は先程とは異なって、画像が中心部分へと左回りに吸い寄せられて行き、遠慮することなく拍車がかかり、加速度的に小さくなっていく。そして、完全に吸い込まれて行き、その家族の姿かたち団らんは、星空の中央の人知れぬ暗点へと完全に同化して、消えて行った。何処に消えてしまったのだろうか…。広川は、コックピットに映っていたそんな幸せな家族の団らん映像を見て、これがきっと、キャロが現世で生活していた当時の、真の家庭の姿に違いない…。そのように確信していた。

「キャロさん…。今の映像は…」

「あなたは、現世に必要とされていて、いいわね」

「何を言っているんですか。逆でしょう。今のは、あなたの家庭でしょう。あなたの家族でしょう？　あなたにだって、幸せな家庭がちゃんと、あるじゃないか」

少々ムキになり過ぎていたのかなと、思う。

「私と広川さんとは、違うの。あなたは現実の世界に戻らなくてはならないわ」

「私は…」

言葉の流れがつまずいて、うまく繋げなかった。

「親や親類が生き別れでいなくったって、それは仕方のないことよ。とにかく結果、現実の世界に必要とされている訳だし。あなたは現世の未来に生きていなくっちゃ」

「あなた、キヤロさん…」

「私はねえ…、私は…」

キヤロは口には出さずとも、心根は寂しそうに透けて見えた。戻りたくても絶対に戻れないのよ…。瞳の視線が冷たく刺して、遠くを見据えていた。私には、身の周りに欠片《カケラ》も温かみがなくなってしまい、心が寒く凍る。だから本当はとても寂しいの。…と決して言葉には出さないが、そのように訴え掛ける、そんな冷気が漂っていた。

「それもこれも、あなた、必要とされているのは、広川太一さん自身が生きているからなのよ。生きているから必然的に、居場所が出来るのよ。必要とされるのよ」

「キヤロさんは、これからどうするつもりなんですか？」

「フライトし続けるつもりよ。それしか私には、進む道がないから…」

広川は、その時のキヤロの瞳の奥に、凍った涙のしずくが微細に砕けて、何故か、キラキラと舞い拡がるのを見たような気がした。まるで、氷の、風花《かざはな》…。

「キヤロさん…」

コックピットウインドウには、もはや新たな画像が生じることとは、皆無だった。今度こそ本当に事の終焉を示唆しているようだ…。

「さてと。そろそろあなたには、飛び降りて貰わなくっちゃ」

まだ言うか、と広川は、マジに焦った。

「そそ、そんな…。死んじまいますよ、そんなことをしたら」

「死ぬなんてことは、絶対にさせないから。私を信じて、広川さん」

「しかし、このくっついた手はどうするんですか」

相変わらず広川の身体は、キャロの左肩に傾いた格好のままだ。接触部位には何も感触がない。

「仕方がない。切断するわ」

広川は一瞬、聞き間違いかと耳を疑った。キャロがすでに念じている所為だろう。接触している右掌手首には、凍傷による血流阻害、凍傷3度と表現される組織壊死《えし》黒色変等は、何故かカケラも見当らない。それなのに…。

「何ですか？　切断？」

「死ぬことを思えば、犠牲は少ないわ」

「じょ、じょ、じょ、冗談じゃありませんよ」

「もう、時間がないのよ。それ以外に、どうやって助かるって言うの」

それを聞いた広川は、再び危機に逼迫《ひっぱく》し、自分の腕を無理矢理に引っ張り、キャロの左肩から、自らの凍傷を免れている右掌手首を、剥がし取ろうとした。…が、しかし、それも全く効果が見られず、ままならない。

「もう、時間がない。低空飛行に移行しなくちゃ」

キャロは、自分の座席下に設けられている緊急スペースから道具箱を引き出し、そこから折りたたみのノコギリを取り出して、刃を伸ばす。見た目、あたかもアニメみたいにワンプッシュで、刃先の部分が伸び出して来たように見えた。そしてそれを認めた広川は、キャロが冗談ではなく本気なのだと悟り、異常に焦り怯えていた。

「そそ、それだけはキャロさん、勘弁してくださいな」

広川は恥も外聞もなしに、今度は命乞いを始めた。

「あなたねえ、命と腕とどっちが大事？」

「どっちも大事」

キャロはそんな広川の様子に接し、憮然として言い放った。

「そんなわがままに、つきあっているヒマはない」

「わがままだなんて、そんな…。ひどいじゃないか。いやだ！　そんなのは、いやだ！　やめてくれぇぇ」

広川は、我を忘れて泣きわめいていた。身体を傷つけられるという恐ろしさもさることながら、引き換えの条件すなわち、片腕を切断負傷したうえでの飛び降り。それが、シロウトにはムリ筋の困難な条件だったからである。袋小路に追いつめられてどうすることも出来なくて、体裁も何も考えずに正直に感情を露わにした結果が、この有り様だった。

一方、そんな広川の様子を横から見ていたキャロは、一旦、ノコギリを自分の右腰脇に控え置き、仕方がないな、という表情で首を小さく横に振った。そしてその後、子供のように泣きわめくそんな広川を、氷の瞳でジッと見つめ始めた。

…と時を経ずすぐに、恥も外聞もなく泣きわめいていた広川が、急に嘘のように静かになり、おとなしくなり、穏やかになり、一切暴れなくなった。涙も切れて頬に掛かっていたしずくの筋も、冷えて乾いて、放散消滅した…。

「御免なさい。広川さん、時間がないのよ。これしか方法がないの」

一種の催眠術に違いない。そして広川は一転して、うなずきながら冷静にキャロの話を聞き始めていた。

「あなたの念を、私の身体に送り込んだのですね」

キャロは前を見据えたまま、静かに頷いた。

「解りましたよ、キャロさん。どうぞ、あなたの好きにしたらいいでしょう」

広川はキャロの念じた通り、大人しくキャロの言う事柄に従いつつあった。

「広川さん、あなたはあなたの道を選んで、これから先は歩みなさいな。私みたいに、他に選ぶ道がない一本道を、あなたは歩いているんじゃあないのだから」

「え、ええ…」

広川の声が曇った。命乞いをしたいからではなかった。

「どうかしたの」

「ノコギリの刃を見たら、また気持ちが悪くなって来て…」

「それじゃ、そのバケツを使ったら？」

広川はそれを聞いて、まだ大型トラック、否、大型トレーラーとして高速道路を走っていた時のまま置いてある、非常用のバケツ。そのバケツを何度か話題にした際の経緯を、思い出していた。

「こここ、このバケツも気持ち悪い…」

幸か不幸か同じ台詞を吐いていたことをも、鮮明に思い出していた。

「了解したわ。あなたの気分がこれ以上悪くならないうちに、急ぎましょう。あなたに現世に帰って貰う為に」

そう言うとキャロは、機体を急降下させた後、さらに低空で安定させようと、し始めた。

そして、そんな奮闘を続けるキャロの真横には、気分の悪さを必死に堪えつつ、不自然にくっついている広川がいた。

「もう大丈夫。これで機体は安定すると思う。ホバリング能力も充分に満足出来る。脱出の準備をして、広川さん」

「解りました、キヤロさん」

広川は、キヤロが念じた通りに従順に応じていた。しかしキヤロの方は、広川に着陸用の装備をつけさせるでもなく、縄梯子もなく、ただ単にノコギリを準備しているだけ。ただそれだけなのである。つまるところ、機外に飛び出すのが、自分から望んで現世に飛び降りる、広川一人だけという状況に…。どのような顛末となるのだろうか…。

「さようなら、広川さん」

そう言うキヤロの表情が、一転して、制服姿男性の容姿容貌に変化（へんげ）する。男キヤロ…。先程の家族で談笑していた際の、映像。あの父親の容貌そのものだ。キヤロは自分のすぐ脇横にくっついている広川に向って、自由になる右手で敬礼した。そして、その顔はまさに、不時着衝突事故で死亡した男性操縦士の顔表情、そのものでもあった。

キヤロが敬礼を閉じた。そして時を経ることなく、表情が再び女キヤロ、女性ドライバーキヤロの容姿に戻っていく。

広川の胸の内、ノコギリに誘発された乗り物酔いの苦みは、いまだ完全に直り切ってはおらず、表情も相変わらず優れなかった。そんな広川の様子を見て悟って、キャロは先を急がなければならないと、用意したノコギリを右手に持ち、準備した。

ところが…。意外な展開が待っていた。キャロはノコギリを…。何を思ったのか、そのノコギリを…。

「何をしているんですか。キャロさん、あんた！」

広川の右腕にではなく…、キャロ自身の左肩へと当てたのだ。その鋭い刃先が、異様に乱反射している。キャロは無言で作業を続けようとしていた。広川が右手を突いた部分。キャロの左肩の辺り。その部分を光沢ある凍った服の上から、まるでスライスするかの如く、ノコギリの刃をキャロ自分自身の肩に、向け始めたのである。キャロが、無表情に機械的に…。

「広川さん、これが私のあなたに対する、唯一のはなむけよ。あなたの痛みは私が預かる。あなたには傷がつかない。そう決めたの。痛くは無い。だから早く、この機から降りて」

キャロ自身の左肩口に光る刃先が、魔物のように自立した。広川は、青黒い重油のような粘血が滲み出て来る幻想に捕われていた。だから、だから必死になって、キャロのノコギリがそれ以上動かぬ様に、抵抗を続けた。このままではキャロが壊れて滅してしまう…。広川の身体を使おうとしたキャロ。広川を利用しようとしたキャロ。憎い筈のキャロ。…なのにそんなキャロが傷つくのは痛い。心が痛い。何故か「ごあんぜんに」と、操縦士キャロの娘の澄んだ声が、打ち響く。もうこの世には存在する筈もないキャロを、助けなければと抵抗する広川。矛盾している。憎んでいるのに助けたい。…広川は、そんな理不尽な自分自身の意思を貫こうとする。そしてその所為で、ヘリの制御も乱れて不規則振動が続いた。

「抵抗しないで。墜落してしまうわ」

わずかにキャロの上着が、重黒いシミに染まる。超低温だからか、血液の飛散はつゆほども見られない。

「キャロさん。もうダメです」

作業を中断したキャロが、再び気合で強く念じ通そうと、広川を凝視する、その矢先に…。

「もうダメって…。待ちなさい！」

広川は今にも、オエッとやりそうであった。その様子をキャロが睨むようにして見つめて、さらに急いで深い念を向けて、押し鎮めようとする…。

「やめなさい！　我慢しなさい！」

しかしそんな広川は、我慢がそれ以上続かず、というか、防ごうとするキャロの念が間に合わず、完全には届き切らない。それでとうとう図らずも広川は、目の前のキャロに向って嘔吐してしまった…。

その所為《せい》かどうかは定かではないが、霧が籠って、コックピット内の視界がホワイトアウトしたかのように、猛烈に悪化してしまった。広川が右手を乗せてくっついていた、キャロの左肩。確か服の表面が薄く刻まれ、青黒い不気味な血がわずかに滲んでいた。そんな肩の辺りからも盛んに水煙が立ち始めている。まるで、氷よ全て融けて無くなってしまいなさい、とでも言いたげに…。

第六章――昇華

名の知れた大都会の、まばゆい繁華街。その繁華街のシマの、ほぼほぼ中央に位置するコンクリート製の噴水池では、節水の為無情にも水を遮断されて、年月が久しい。そしてさらに、池自体に残っていたささやかな水溜まりさえもが、清掃し易いようにと完全にクリンナップ乾燥されており、ただ単に水色に塗り直されたコンクリートの構造物が、人前に被榧、街なかに羅列しているだけ。…という、そんな無味乾燥の干からびた状況を晒《さら》している。もうすでに十年にはなるだろう。そんな見映えや形だけの通称「空池《そらいけ》」、地図的には正称「中央噴水池」の周囲周辺には、終電に乗り損ねたのであろうか、あるいは酔って我を忘れて寝入ってしまっているのだろうか、背広姿やコート姿が点々と…。羞恥などという通常の平均的な精神状態を、泥酔の波でとうに洗い流し忘れ去っている人々。寒かろうに何も深く思慮することもなく、トドみたいに、何処からか持ってきた段ボールを敷いて、横たわっているのが散見される。そして、水を忘れて無粋《ぶすい》なコンクリートだけとなった、ただの塊構造物であっても、人を呼び止めてみずみずしかった時代以来保たれている、意味を抱いた固有名詞。

その単語の響きが、今でも人々の間で充分に通用している。「中央噴水池」として、特に待ち合わせの場所としては老若男女に支持され認知され、その名は今でも尚、健在である。水は失っても、その名称はしっかりと生命を繋いでいた。他方、その一角にある夜間から早朝に掛けてのゴミ集積場所としての公共的な価値も、存分に維持存続している。

早朝未明、「中央噴水池」のそんな一角、その最も北側片隅の、やや離れた目立たぬ位置どりにゴミの集積場所がある。そこに、昼間にそのままの状態で存在すれば、即刻苦情が発生しそうなゴミ袋の小山が出来上がっていた。それらを、業務の始業定時に駆けつけた役所関係の収集担当係員二人が、日の出前の目立たぬ暗いうちにとにかく片づけてしまおうと、手際良く大型ブルーの専用パッカー車に投げ入れていく。そう、深夜未明明け方までの作業なのである。

その日はいつもより、そんなゴミ袋の小山の身なりがだいぶと言うか、すこぶる大きかった。時々同様の現象が散見される。不燃ゴミの収集日を間違えて、可燃ゴミと一緒くたにして出していたり、事業不燃ゴミ用の有料シールを貼っていないにもかかわらず、無理矢理、シールのついた正規のゴミに紛らせてウソ出ししていたり…。そんな具合に違反の形態は種々様々ではある。しかしその日の小山の異様な大きさは、原因が少しばかり異種であった。恐らく何らかの作業現場で、従業員が業務中に使って発生したのだろう。…そのように推測することの出来る、大量の使用済み使い捨てカイロ。そんなカイロの大型袋詰めゴミを、何者かが置き去って行ったのである。50リットルの不燃ゴミ用使い捨て大袋で、十個程度はあるだろうか。他の関連作業資材の置き去りは無く、使い捨てカイロ入りの袋ただそれだけが、収集規則にのっとった正規の事業用可燃ゴミ、つまり食べ物屋さんが出した「燃えるゴミ」に交えて、不法に置き去られていた。本来なら、そこから車で二十分ほどの距離にある、不燃ゴミ処理場に持って行くシロモノだったに違いない。その不燃ゴミ処理場では台貫、つまりトラックごと秤に乗って重量測定して、見合う処理料金を支払うシステム。そんなシステムが採用されている。だから前もって少しでも荷を軽くしようと、一部を途中で降ろしていったのだろうか。或いは使い終わったカイロとして収集した物であるにもかかわらず、一部が発熱し出したので、それを嫌って、そんなカイロ入りのゴミ用大袋のみを降ろしていったのだろうか…。いずれにしても、未明の繁華街にそびえる小山は、丈も嵩《かさ》もが異様に目立って大きかった。

パッカー車の作業がしばらく続いた。そして係員二人の努力尽力で、そんな風にアスファルト面の指定場所に重ね置かれていた正規のゴミ袋の山、五十個位だろうか。それらが容積を半分位に減らした、まさにその時であった。係員のうちの一人が、わざと手を付けずに別個に残していた、不法投棄である使い捨てカイロ入りのゴミ用大袋。それら大袋十個前後の中にモロに埋もれ隠れていた、靴を履いたマネキンを見つけた。「収集用シールが貼ってあるか、事業用の有料袋に入っていなくっちゃあ収集しないよ。そもそも今日は可燃ゴミの日だからな」と、当然のごとく先輩の係員が、マネキンを見つけた同僚の係員に向って叫んだ。そしてその瞬間…。驚愕。予想外にもそのマネキンが、勿論予告無しにである、ゴロリとまさかの寝返りを打ったのだった。傍《かたわ》らすぐ脇にいて気づいた二人のその係員が、腰を抜かして存分に驚いたのも無理はないだろう。何しろそれまで、不法投棄のマネキン人形だとばかり思い込んでいた物《ブツ》なのだから…。

懐中電灯で照らし調べる。そのマネキンの右掌が赤くタダレているのが、明白に見て取れる。ただ、微妙に発熱した使い捨てカイロ大袋の隙間が、存外心地良い温度だったのだろう。人としての気配を示唆する鮮血色のタダレが、確かに掌と手首には見られるものの、顔や首などの皮膚には極端な異常は見られなかった。そしてそのマネキンは一旦寝返って動きはしたものの、そのまま再び寝入っている模様だ。係員達は慌てて、スマホ携帯で救急車両を呼ぶことにした。その汚れた人形、その動いた異様なマネキン人形。それこそが、地上現世にとにもかくにも生還して来た、あの広川太一に他ならなかった。両手両足は、果たして本当に無事なのだろうか…。他にも小さな負傷部位が散見されはしたものの、生命《いのち》に別状は無いようである。息は、確かに呼気吸気明白に聴き取ることが出来、脈拍も規則正しいパルスを刻んではいるようだ。

使い捨てカイロのゴミはどうやら、遠方の解体工事現場から移送されて来た物《ブツ》らしい。使い捨てカイロを詰めたゴミ用大袋の中に、不動産会社の事業所名義の汚れた図面が交じっていた。さらに、委託された不燃廃棄物処理業者のトラックが、真夜中の繁華街を通り抜ける際、屋外監視カメラに複数箇所、記録されていた。担当の運転手は後の事情聴取で、繁華街でトラックを停めたのは間違いないと、悪びれることなく認めた。しかし、「自分は休憩の為に、近場の『ワクドナルド』にコーヒーとハンバーガーを買いに行っただけだ。時間にして十五分程度じゃなかったか」と供述している。つまり、全面保護シートで覆われたトラック荷台廃棄物の積み下ろし、ましてや訳の解らぬマネキンモドキの運搬には、一切関与していないのだという。車両に搭載されていた運行記録計、所謂「タコグラフ」も運転手の供述を後押ししていた。そしてさらに、普段より丈のあるゴミ袋の小山の所為で、停車中のトラックが偶然、監視カメラの視野に入っていなかったというのも、何かしらの因縁を感じさせる結末ではあった。

＊

病院に救急搬送された広川太一は、すこぶる従順で暴れたりすることも皆無。指示に従い点滴も受け続けていた。少し体力が落ちているが生命に別状はない、という医師の見立てであった。右掌には大袈裟にさえ思えるような、厚めの包帯が施されている。点滴チューブも痛々しい限りである。しかしながら幸いなことに、両手両足四肢に凍傷、壊疽《えそ》等による欠損は生じなかった。

一般病室に移動した後、どうしてあのゴミ集積場所にいたのか、という所轄警察官や病院関係者からの問い掛けに、広川は記憶喪失を装った。「解りません、気がついたら寝ていました」とだけ答えていた。…と言うのか、それが一番自分の感覚とか心情に、程が近かった。気が付いたら温かい使い捨てカイロの中、安寧の世界で眠っていたのだ。ヘリにおける経緯成り行き等は、ほぼほぼそのまま覚えてはいた。そうは言うものの、トレーラーからヘリ、ヘリからゴミ集積場、変身、無作為移動、催眠術、などと根気強く周囲に説明しても、解って貰える訳も無く由も無く…。そう踏んで、細かな経緯《いきさつ》までは敢えて述べようとはしなかったのである。

そしてさらに広川には、気に掛かる澱《よど》みがまだ一つ、心の奥底に残っていた。自分が、ゴミ集積場のゴミの中で発見されたという事柄である。キャロがフロントコックピットで示した映像、大富豪老人宅の大部屋。確かにあの老人は、周囲にこの上なく手厚く奉仕されてはいたものの、果たしてあの老人の姿が本当に、広川太一の未来なのだろうか。思い起こせば、キャロは具体的にはつゆほども、そんなふうには語っていなかったような気がして来る。この映像があなたの未来よ、とか何とか尤もらしく喋ってはいた。そもそもあのベッドの入った大部屋には、床拭きを専門に行う雇われ清掃人だって、男性の年配看護師だって、介護士だって…。自分が大富豪になる、だなんて…。無理スジの予言にさえ思われて来る。もしかしたら床拭き清掃人の方が、自分の将来の姿なのか…。

広川自身の名前と事務所だけは、病院にも警察にもすぐに明らかとなった模様である。あの白松パーキングエリアでは、必ず持っている筈だと探すフリをしてトラックドライバー達を偽った、古い名刺。あの時は実際何も持ってはおらず、結果、見つけ出せず出て来なかった「幻の古い名刺」が何故か今、広川がいる病室の枕元、ワゴンテーブルの上に置いてある。パーキングエリアですったもんだ揉めに揉めたあの時、広川の名刺が見つからなかったのは、やはりキャロの思惑通りだったのだろうか。そして今度はその逆。そんな幻の名刺が、何故かすぐに出て来てくれたおかげで、すでに自分の事務所には連絡が通っていた。キャロが言っていた通り、やはり広川太一がカメラマンであることは、本当だったようである。自然と、心に薄日が差し込んで来る…。

何時の間にか緊張が解けて、心が緩んで安心したからか、点滴に繋がれ再びグッスリと眠りに落ちている、広川太一。そんな広川を、かいがいしくベッド脇の椅子から眺め続けている女がいる。あの広川のパート秘書としてキャロの前で名前が挙がっていた、山城洋子に他ならない。容貌が、声優タレントの高木真中に少し似ている。そんな洋子は、広川の生命に別状はない、という医師の説明をすでに耳にしているからなのだろう。やはり充分に安堵している様子様相だ。脇から、広川の無精ヒゲが目立ち始めた顔を、折り畳んだ白タオルで優しく拭《ぬぐ》い始めている。あのキャロが推測していた通り、山城洋子の心は一方的に、広川太一に向っていたようだ。数年前に小さな個展を開いた際の、会場アルバイト。生真面目な性分。…だが、センスが豊かだった。それが結果、脈々と途切れなく続く。目立たぬ木陰の隅から密かに愛していた、と言えば程が近いのだろうか。知らぬは、いつも洋子の近くで、自分自身の仕事の進捗《しんちょく》具合の悪さにグチばかりをこぼしていた、広川太一ばかりなり、ということになる。

今回、広川は必然的に、事務所兼自宅マンションには帰らなかった。いや、帰れなかった。そしてその深夜に虫の知らせでもあったに違いない。山城洋子は真夜中にタクシーを使わず自慢の電動自転車を手繰って、緩い上り坂を、急ぎ自宅から鉄道二駅の広川事務所へと辿り着いた。早朝まで、デスク前でまんじりともしない時を過ごす。そもそもその日の午前中は、今回の広川の取材整理をアシストする予定であった。そして当然、洋子にも重要な出番が廻って来る手筈だった。…なのに、普段ならば始業時にはデスク上に、メモなどと共に並べ置いてある整理すべき資料が、全く届いてはいない。だから万が一、広川がその日一杯不在で行方が解らぬということにでもなれば、考えられる行先を予測して、何とか探し出さねばならなかった。そして結果最悪の場合、警察に行方不明届、捜索願を提出することもやぶさかではなかった。ところがそんな矢先に突然、収容先の病院、さらには警察関係者からの問い合わせ連絡が入ったのである。それでそれらの経緯を聞いた洋子が、慌てて病院に急行するという結果に相成った…。

山城洋子は、自身の出番を大切にしたいと念じていた。広川が仕事で多忙であろうと、病院で無念の静養を続けていようと、自分はとにかく安心してそのまま、頑張っていけそうな希望を持ち合わせていた。その状況下で必要とされている、という確かな立場に置かれていさえすれば、必ずやっていける…。心に湧き出る、そんな豊かな泉があった。

そして不思議なことに遅ればせながら、その日の夕刻になって初めて、広川の消息を知った仕事先関係者からの連絡が届いた。広川の荷物がそのままロケバスに残っていたので、それらを段ボールの宅配便で送ると、メール配信があったのだ。山城洋子はその連絡でようやく、広川太一が大袈裟ではなく本当に一時、行方不明だったのだと確信するに至った。だがそんなメール連絡に接して、洋子はいささか不審を抱いてはいた。全てを信じるには状況の有り様が、あまりにもなだらかな順方向ばかりだとは言い難かった。

ロケバスに戻らなかったと言うのなら、どうしてその際、すぐに電話連絡をするなり警察に通報するなりして、広川太一を探そうとしなかったのか。或いは広川は広川で逆に、関係者に自分の状況を連絡するなりして、どうしてすぐに所在を明白にしなかったのか？　山城洋子にとっては、目視出来る明るみの中とは程遠い、言うならば藪の中、暗闇の中の不可思議な出来事とでも言うのか、不審な状況、不可解な事柄であった。しかしそれ以上洋子は、もはや細かく探り出そう掘り起こそうとはしなかった。それは現実に、目の前に無事に戻って来た広川太一が、安心して眠っているからに他ならなかった。

＊

あの不可解な「出来事」からはすでに、ほぼ三年が過ぎようとしていた。流れはあっという間で、日々の出来事の進み具合は滝の水流のように、勢いが急激だった。そして、あれほど一匹狼的な単独行動が主体だった広川の周囲周辺が、急に人のしがらみで賑わい混雑するようになって来た。人生の色模様が、まるで劇作家の作風の心変わりみたいに一変していた。広川に向って集う人の気配が賑やかになり、密度が濃くなり、周りの空気が明るく色づいて来た。暖色である。元来、風景写真や旅行写真等の撮影に満ちていた、広川太一の生業《なりわい》の日々。だがしかし事件のその後、モデルやスタッフを交えた商業撮影が幅を持ち、軸を置いた主体となって、その明るみに躍り出て来た能動的なカラーが、一層目立ち始めていた。こんな流れの変遷移り変わりももしかしたら、あのキャヤロの思惑で動いているのかなと、広川自身は、ある種の疑念を抱いていた。ある意味自分の人生なのにと癪《しゃく》に障り、嫌悪を抱いたり勘繰ったりもしたくなった。しかし、時や状況の流れに反して抗《あらが》い逆らうことは、敢えてしようとはしなかった。なりゆきに任せて深い疑問は出来るだけ残さぬようにして、仕事に励む毎日を送るようにしていた。つまり今を、そして現実を、人一倍大切にするようになったのである。毎日の生きたありのままの呼吸が、彼にとっては何よりも大切な、人生の歯ごたえ、となった。

…その原因の一つに、退院した直後、広川自身が取材と称して、操縦士「キヤロ」の周辺を調べたことが挙げられる。だが取材と言うよりも、それは事件から時をそれほど経ていないその時点では、広川太一自分自身の、自己防衛の為だったような気もして来る。得体の知れない幻の操縦士、キヤロ。どちらかと言えば忘れ去りたい、キヤロと過ごした際の様々な出来事…。しかしながら、あの時共に過ごしたキヤロは、本当にこの世に実在したことのある人物だったのだろうか。そしてもしそうであるのなら、どのような人生を送って来た人間であったのか、それを把握しておくこと。それは絶対に必要なのではないだろうか？　いや、最低限自らのこれからの人生の展開には、必要不可欠なのではないか。…周辺調べの取材に入ったのは、そのように感じ入ったからに他ならない。

その調べ上げたキャロの履歴経歴は、あまりにも普通で平坦。言ってみれば、興味心をそそり、面白味が感じ取れそうな紆余曲折も散見出来ず、文字通り平凡な人生そのものであった。勿論、あの一連のヘリコプター不時着炎上事件までは、なのであるが…。その平凡で幸せな家庭を持っていたキャロの、それまでの生き方。その生き方の痕跡が必然的に、広川太一を、自分の人生に対して真摯に向わせるように仕向けた気がする。悪ぶって、特殊な人生特別な場所をわざわざ選んで歩もうとするよりも、普通の平凡な生活をもっと大切にするべきではないのか、というような…。

それは、あの幻のヘリのコックピット映像で見た、キャロの家庭そのものであった。生まれも育ちもI知県。妻と一男一女は健在。「全日本運航」から変わらずそのまま、合弁で社名だけが変わった「新羽《しんわ》日本エアライン」の、職場に程近い家族用社宅に住んでいた。職場結婚だった妻が会社の計らいで復職して、地上勤務に就いた為だった。何事もなかったかのように、日々飛行場ターミナルビルで業務遂行する妻。一方長男は長男で、父親と同じく操縦士になりたかった。父親はヘリコプター回転翼機だったが、自分は固定翼機を目指すのだと、航空大学校入学を目指して勉強に励もうとしている。まだ幼い小学校低学年の長女。彼女は、父親が長期出張して家を離れているのに違いないと、無理にでも信じたい。帰って来ればいいのにと、母親の休日には、父親のバックアップ用に置かれている遺品の制帽を、ふざけて被ったりもする。制帽を被るのがことのほか心地良くて、好きであるに違いない。幼い時からずっと、そうだった。きっとそんな父親の制帽を被ったまま、小さな掌の敬礼で、母親をも極まらせてしまう大きな敬礼をしているに違いない…。現に、母親の留守時にしばしば訪ねる友達宅でも、小さな掌の敬礼が挨拶替わりになっていたようだ。

普通の幸せ、普通の平凡な人生、それに…、普通の家族。…そんな大切な家族を残したまま、ヘリコプター操縦士キヤロは…。それなのにキヤロは、自分の家族は後回しだよ、と広川太一には現場で強く言い張っていた。仕事が何よりも一番だと言うのだろうか。或いは事故に対する責任を、痛切に感じていたからなのだろうか。

＃　＃　＃

「この男の身体はやはり、使えないねえ。現世に強く引っ張られているようだ」

「こんなシガラミだらけの男を使おうとした、あなたの感覚が解らないわよ」

「それはともかくとして、結論を言おう。あなたはすぐに天空に上ってくれ」

「何を言っているのよ。私だけが私のこの身体を使ったら、あなたはフラフラフラフラ、現世とあの世の間を行ったり来たり、永久に彷徨《さまよ》うことになっちゃうんだよ」

「そういう運命にあったんだ。これは、この身体はあなたの物だから。…私が勝手に入り込んで長い間ヤドカリをしてしまったよねえ。すまなかったねえ」

「現世にも近寄れない、天空にも上れない。そんな…。彷徨っていたら、あなたの家族が墓参りに来たって、それにさえ気づかなくなっちゃうのよ」

「それよりも、本当に無念だ。もう少し、ほんの少しだけ早く、フラッグを振るなり、発煙筒に点火するなりしていれば…」

「（ボソッと）天空に行きなよ」

「何？　何だって？」

「あなたが先に、天空に上りなさいよ。私はどうにでもなるからさ」

「それは、絶対にありえない。あなたが取り残されてしまう」

「あんな可愛い娘《こ》を、現世に残して行くのよ。それに奥さんも。息子さんだっている…。早く天空に上って、せめてお墓の前、あなたのお墓の傍まで降りて行って、ギュッと抱きしめてやりなよ。必ず通じるから。幼い児が帽子被って敬礼までしてさ…。ごあんぜんに…。ごあんぜんにって…。言って、いるのよ、あなたに、おとうちゃんに…」

「私は全日本運航のヘリコプター操縦士だ。事故被害者であるあなたの魂を犠牲にして、踏み台にしてまで天空に上るなんて、そんなことは絶対に出来ない。ありえないよ」

「あんたの為だけじゃない。あなたの大事な家族の為に…。ホントに、ごめんなさい…」

「でもねえ、あなたのこの身体は、あなたを大切に思ってくれていた人達の為に、あなたが天空に持っていくべきだよ」

「私はあなたと違って一人で生きて来たの。あんたみたいな、温かい、家族…」

「(強く)一人なんかじゃない!」

「私には身寄りなんか…」

「(強く)それでも一人なんかじゃ、ない!」

「身寄りなんか欠片《カケラ》もないわ。ずっと養護施設で育って来たのよ」

「それだよ、ちゃんと…。あなたの傍にはずっと、あなたを大切に見守って育ててくれたヒトが、間違いなくちゃんといてくれたんでしょう。その後仕事を与えてくれたヒトだって、ちゃんといてくれたんでしょう? 本当に申し訳ありません。あなたの現世での立派な人生を、ことごとく刻んで奪ってしまって」
「それはお互い様よ。私がもっと早く気づいて避《よ》けて減速していれば、あなたを跳ね飛ばすこともなかった…」

＃　＃　＃

翻って広川太一はというと、キャロの魂にはもう二度と会いたくはない。寸でのところで広川は、現世にオサラバをしなければならない局面に嵌《はま》っていた。だからもう、キャロには二度と会いたくはない。早く天空に上って行って欲しい。しかしそれはそれで別にして、である。出来れば、出来ることならば、操縦士キャロには現世近くにも時々下りて来て、I知県で生活する自分自身の家族のことだけは、見守って欲しい…。広川の心が、天空と地上の双方に、強く引き摺られ寄せられ引っ張られて、思考が自ずと大きく二分され、矛盾して来ている。そして、後日週刊誌報道で、キャロの家族に奇妙な電話が掛かって来ていたことを知り、さらに広川の思考回路が、矛盾の波に歪んでしまった。

＃　＃　＃

TEL「以前、お宅の御主人、機長さんの知り合いだった者です」

「主人の？　もしかしたら、新羽《しんわ》日本エアラインにいらっしゃる方ですか」

TEL「私は物流でフィールドに出ていた者です。冷凍輸送関連の部署でした」

「そうですか。突然に事故があって、皆さんには御迷惑をお掛けしてしまい…」

TEL「機長さんがよく、テーブルの真ん中に飛行機とヘリコプターのミニチュアを置いてあるとおっしゃって…。プラモデルか何かですか？」

「ええ、そうなんです。落ち着くからって。そのままずっと置いてあります」

TEL「壁には、夫婦お二人の制服姿の写真が飾ってあるとか」

「そうです、けれど…。細かいことまであなたに話していたのですね。あなた、新羽《しんわ》日本エアラインの何処の所属でいらっしゃいますか？　私はずっと新羽《しんわ》日本の地上勤務に就いていましたから、あなたと顔を合わせたことがあるかも知れません」

TEL「御主人からの伝言を伝えますね。当時何度も口に出していらっしゃったのに、私が伝えることを忘れていて遅くなりました。すみません」

「今、あなたはどちらの所属ですか？　教えてください。会えませんか？　ターミナル内ですか、関連フィールドですか？　女性ドライバーさんですか？　調べてもいいですか？」

TEL「私のことなんか…。機長の伝言です。『突然のことだったから。申し訳ない。精一杯やったけれど、残念ながら家には帰れません。でもいつも見守っているからね。安心して。みんな元気に楽しく生活していってください。近くで、見守っているからね。みんな、本当にどうもありがとう。大好きだよ。御安全に…』。以上です。それでは…」

「もしもし、もしもし、家には帰れません、って、あなたそれじゃあ…。それじゃああなたは、主人が亡くなってからの？　知り合い…。そんなこと…。もしかしたら、本当に顔を合わせたことが…。もしもし、もしもし…」

＃　＃　＃

広川は、いくら憎いとは言うものの、やはりキャロには早く、天空と地上近くを他の人の魂の為に行き来する、そんな作業からは解き放たれて欲しいと、願っている。そしてそれが叶ったならばやはり、たまにはキャロの家族の傍ら近くに戻り、寄り添って欲しい。姿形は見えずとも、自らの家族をそっと傍らで守り、思いやってもいいのではないだろうか、と…。

※

…事件からおおよそ八年後のその日、広川太一の撮影チームは、東京北部の山間部に近い森林公園で、女性モデルを帯同させてスチール撮影に精を出していた。広川のリクエストに応じてポーズを変えていくモデル。所謂、健康食品販売促進用の雑誌の表紙、つまり「販促の顔」である。健康で明るいモデルの雰囲気を引き出せれば、広川の仕事は成功万々歳、ということになる。

まだまだ寒さが景色の頃合い半ば、それも大巾に陣取る如月《きさらぎ》二月の下旬であった。撮影監督責任者の広川太一やスタッフが休憩する、折り畳みチェアやパイプ椅子の傍には、バーベキュー等でも用いられるような一斗缶が用意されている。そして新聞紙と薪枝で火を焚いて、暖が取れるようにしてあった。

一方、それとは別にロケバスの脇には、カセットガスアウトドアヒーターが備えてある。

それは、モデルの休憩中やメイク直し中に座る折り畳みチェア前に、きちんと小奇麗に設置してある。だがしかし撮影スタッフは、モデルと一緒に暖を取ることを殆どしない。モデルにはそれなりの敬意を示して、まずは落ち着いて休んでもらう必要があるのだ。メイクや着替えの直しもロケバス近くならばすぐに、メイクアシスタントに頼めるだろう。そんな具合に丁重に敬われたら、モデルにはそれなりに、柔和で暖かなゆとりの表情が、内面から自然に湧き出て来るものなのである。

メイクが完成して、モデルがマネージャーと共にロケバスから降りて来て、ヒーターの前に両手をかざしている。本番の打ち合わせ開始時刻までにさえ、まだ余裕で三十分程度はある。きちんとしたモデルだなと、広川はスタッフの何人かとモデルの脇に近づいた。するとそのモデルの方から広川に向って、自己紹介をし始めた。マネージャー任せにするモデルも多い昨今、ちゃんとしているなと、広川は再度感じ入っていた。所謂個人事務所に所属する「何でも屋」のタレントである。個々の仕事を大切に考えているのだろう。

「岡村真奈緒です。よろしくお願いします。平賀プロダクションで三年目になります」

広川はそれに対して、普通に作り笑顔で会釈したと思う。そして、その岡村真奈緒のメイク後のフェイスを正面から見たその瞬間、視線が一瞬屈折して、縮んで凍りつくような恐怖に襲われた。事前に書類審査で目にしていた顔写真とは、いささか違う別人のように見えた。

しかしそういう事象は、この業界ではそれほど珍しい出来事でもなく、日常茶飯である。だから広川も広川のスタッフも、その状況については心の準備も含めて、すでに織り込み済みだった。髪形を変えて深いメイクで眼元や頬の線を作ると、元の素の顔や紹介フォトとはまるでの別人。…そんな具合になり進んでしまうことが、往々にしてあるからだ。だが、しかし…。広川には他にも、スタッフ達とは異なる重大な心の引っ掛かりが、奇しくも生じていた…。

あの「キヤロ」に、似ている…。あの事件の際に、あのトレーラーで、あのヘリコプターのフロントコックピットで、広川と時間を共にしたキヤロ。表情が瓜二つなのである。骨格ではなく、キヤロと表情が似ていて瓜二つということは、男性操縦士の方ではなく事故死した保冷車の女性運転手に似ているということなのだろうか。確かに女優の七尾光江によく似ている。女キヤロ…。

「あの、あなた、岡村さんはずっとモデルさんを…」

その問いに対しては、傍に陣取っていた白マスク姿でアラフォーアラウンドに見える、平賀プロダクションの女性専属マネージャー。何処かで見掛けたことがあるような世話好きそうな彼女が、即座に説明を加え始めた。モデルの岡村真奈緒は、専門学校卒業後に一年間、大手食品関連の営業を担当。その後に転職した、所謂「遅咲き」らしい。…そんなキャリアに関する事柄を広川が尋ねて来たので、モデルもマスクのアラフォーマネージャーともども、そんな質問どうして、と、曇って見通せない質問の意図に、キョトンと首をかしげていた。そして、そのような仕種が実に自然で美しく映えていて、周囲の森林の表情に、何故か染み込むようにマッチングしていた。だから広川の提案で、急遽スタッフに反射パネルを持たせて、その二人の姿を手持ちのカメラに収めようとした。周囲の景色に映えているから記念に、という言葉の軽い波に、白マスクのマネージャーも徐々にその気になって、心が揺れた。とうとう折れて準備しますと、いそいそとマネージャーの方も白マスクを外し出した。笑顔でポーズを取ろうとする二人の表情を前にして、広川は…、再び愕然とした。こんなことが…、あるのだろうか…。

しかし、現場を混乱させないことを最優先に、広川太一は、それ以上密に深くは追及しないことにした。八年前の高速道やパーキングエリアでの一連の出来事、さらには、真夜中のコックピットで生じた出来事が夢なのか現実なのかも、自分では正直言ってはっきりとは解らないし、皆目見通しが利かない。全てが藪の中、霧の中の幻なのかも知れない。夢想や催眠術の世界だったのかも知れない…。そんな通常では考えられない、幻の出来事とか一連の成り行き。それらを切々と説明したところで、モデル達はおろか、周囲のスタッフ達にもまるで理解して貰えないに違いないと、広川は自分自身に言い聞かせていた。

その後、モデルに対する何パターンかのポーズ撮りが終了した時。これからもうワンパターン撮って休憩にしようかな、という矢先の出来事であった。空気が澄んで、明るく輝いていた。そんな晴れ渡った上空を偶然にも、ヘリコプターが一機、南東側からゆっくりと近づき、そして北西方面へと通り過ぎようとしている。目立つ橙色側面の、普通に見慣れた民間ヘリ。多分「バベル」という名の機種だろう。戻ってからの数年間、ヘリコプターについては取材を含めてだいぶ学んで来たので、機種には自信があった。広川は思わずカメラを構えるのを中断して、上空を眩しそうに見やっていた。何故か心が、ヤケに吸い込まれるように引かれた…。晴れてはいるが、その分朝方は、放射冷却がきつい日和だった。反射板のスタッフも小道具準備のチーフも、揃って手を止めて休めて、青い澄んだ大空を見やった。広川は普段、何の理由も無しに、急にカメラの構えを突然切り替える、などということはしなかった。それは御法度《ごはっと》。カメラの位置方向が変わればその都度、光量や焦点合わせの微妙な調整をし直すことになるからだ。それを知っていたスタッフ達は、中断してジッと天上のヘリコプター方向を見つめる広川を、不思議そうに眺めていた。そしてとうとう、声優の堀本礼に似た年配のチーフスタッフが、広川に声を掛けた。

「どうしたんですか、広川さん」

広川はそれでも、取り憑かれた様に無言を貫き、澄んだ青空を仰いでいた。考えてみれば、ヤケにその橙色のヘリの進み行くスピードが、スロービデオのように緩慢で遅かった…。

「広川先生！」

複数のスタッフが声を掛けてようやく、広川太一は我に返った。

「あ…、ああ、ああ、悪い、悪い。以前真夜中にね、ヘリで空を飛んだことがあるものだからね」

広川は、モデルのキャロ似もすでに認識していたし、確かにそんな過去の「真夜中ヘリ」への連想から、意識して空を見上げていたのではある。だがしかし、ただ単にそれだけの心の揺れではなかった。その時の広川には、こちらを見つめてくれという、強い「引き」というのか依頼の心音が、天空から刺し狙うように、自分の脳幹に聞こえ伝わった気がしたのだ。勿論、あのヘリの操縦士「キャロ」からだろう。そうに違いない…。ちょうど、風鈴の澄んだ甲高い響音の流れに混ぜ合わせ込んであるような、心の声であった。こちらを見つめてくれ…。小声とまではいかなかったのかも知れない。しかし当然のことながら、広川太一には、ヘリもキャロという単語自体も実際、もはやあまり思い出したくはない響きである。それらは内心本来なら、棚置きの厳重保留扱いにでもしておきたくなるような名詞群ではあった。事実時を経て、広川の頭の記憶の箱の中では、もはやあの事件の経緯などは、今少しで消えゆく先細りの糸。その程度に、箱の片隅にやっと絡みついているだけの微細な存在であったのに…。

「ヘリで空を、って…。それって、ヘリで真夜中のフライト、ですか？　すごいっすねえ」

「いやいや。たまたまね…。そんなことが以前、だいぶ前にあったんだよ。いいんだ。もういいんだよ。それじゃあ、早くやってしまおうか。『キャロさん』がまた、呼びに来るとも限らないからねえ」

思い出したくもない「キャロさん」などという、過去に自分が作った固有名詞を、好んで敢えて言う必要は到底無いし、言いたくもない。…なのに、広川の口元からはその名が、再びごく自然に湧水みたいにこぼれ落ちて来た。

「先生、その『キャロさん』というのは？」

広川は慌てた。あの一件をスタッフ連中に話したって、ただただ状況を混乱させるだけであった。余分な時間も費やしてしまうだろう。それに第一、広川は今更、キャロのキの字も見たくはないのである。実際あの時、広川太一の身体を身勝手に利用して、自身の魂を天空に移動させようとした操縦士の亡霊。もしかしたら、保冷トラックの女性ドライバーの魂を、昇天させようとしていたのかも知れない。だがしかし、そんなことは広川の人生、広川の生活にはもはや関係がなかった。どうでも良かった。キャロは実際、広川にヘリからの飛び降りを実行させようとして、凍てついて取れない広川の手首を、ノコギリで切断しようと実行する寸前だったのである。実際にはノコギリをキャロ自身の肩に当てて、広川を傷つけることはしなかったように記憶してはいるのだが…。

しかし…。その後どうやって、自分はあの繁華街の「空池《そらいけ》」脇、あのゴミ山の中、それも使い捨てカイロが詰ったゴミ用のズタ袋に紛れて、降りて来たのだろうか？

「何でもないよ。冗談だよ冗談。『キャロ』はねえ、単純に、気合いでやろうよ、っていう意味だよ」

キ合いでヤロうよ、でキャロ。…咄嗟のアドリブでそう言って、広川は何とかゴマカした。それにしても、飛行機野郎でヒコウ・キャロ。キャロからキ合いでヤロうよ…。偶然の産物なのだろうか。

「皆、精一杯、気合いでやるぞ。生きているからね、頑張れるんだからね」

はい、と返事しながらも、スタッフ達周囲の者は、首を傾げていた。広川が、生きているからね、などと大げさなセリフを真面目に口にしたものだから、尚更不可思議に感じ取られてしまった。そして、そんなスタッフ達の心理にはお構いなしに、再びカメラのシャッターを切り始めた広川ではあった。

…がしかし何を思ったのか、広川は再度撮影を中断して突然、休憩場所の、炎が多少弱まった一斗缶と見張りスタッフの方を見やった。その急峻な、予想外の強い視線に驚いたのか、見張りスタッフが見張りをしながら密かに聴いていたスマホラジオを、手元から思わず落してしまった。その拍子にイヤホンが外れ、緩く心地良い楽曲が、森林の気中に漏れ出て拡がり出した。二十代前半のアルバイトスタッフの若さにしては、やけに落ち着いたバラード曲であった…。それも予想外に大きく、ボリュームを持って、周囲の空気に混ざり込むようにして、緩やかに流れ始めた…。

＃＃

今日の続き見上げた空に　そっと雲が微笑んでいた
誰のせいでもない不安は　一緒に持たせて僕でよかったら
どこへ向かうのだろう　明日はわからないけど
君といればこの涙も　希望のひとつになるよ

やり場のないその思いは　いつか僕らを照らし出して道を作っていく

今日の始まり晴れ渡る空
どこへ向かうのだろう　時には逸れるでしょう
僕らにはどんな時も　何も言わず帰れる場所があるよ

どこへ向かおうとも　心は変わらないよ
君といればこの笑顔も　輝いて光になるよ

＃　＃

その曲は、そのアルバイトスタッフの好みなのか十八番《オハコ》持ち歌なのかは解らないが、何処かで聴いたことのある女性グループの、所謂アカペラバラードであった。確か、数人の女性グループだったと思う。恐らくそのグループのヒット曲なのだろう。そう思いながら大空のヘリが通り過ぎた航跡を、広川は改めて眺めていた。確かに分単位の緩やかな時間経過があったにもかかわらず、何故か、不自然な冗長具合を主張することは、皆無であった。

スタッフと共に何事かと聞いていた広川には、意味深い歌詞ではあった。どこへ向かうのだろう…、希望へのひとつ…、雲が微笑んでいた…、時には逸《はぐ》れるでしょう…、そして…。

『何も言わず帰れる場所があるよ…』

広川は…。まるであの時の出来事に合わせて、この曲が森林公園の中に響き渡っている…。そのような感覚に陥っていた。あのアルバイトスタッフが無理矢理、故意にこの曲を選んで、頃を見計らって大音量で流したとは、まずは状況からして考えられない。しかしながら、タイミングから何から、偶然にしては設定が完璧で綿密で、この上のないマッチングではあった。

そんな曲がメロディーだけに変わり、バックでそのまま流れ続けているにもかかわらず、時が一瞬つんのめるようにして、無理矢理くびれて止まった。無音の間が、流れる映像の一コマに、まるで楔《クサビ》のように打ち込まれたのだ。そしてそんな衝撃につられてなのだろうか、その流れていた音楽も急にフェードアウトし出し、ついに立ち消えてしまった…。

それら計られたような絶妙な無音の瞬間を挟んで、広川太一は意を決したかのように、ツカツカと見張りスタッフの方向へと歩み寄る。さらにその脇の燃える炎の一斗缶に向って、傍《そば》に準備されていた消火用バケツ、三つの水のうちの一つを、勢いよくぶちまけたのである。当の見張りスタッフは何事かと、さらに一層眼を丸くして驚きを隠せない。しかし…。しかし不思議なことに、その見張りスタッフの表情は、それから徐々になだらかに、動から静へと変化していったのである。それきり、広川のまさかのそんな行動を制したりたしなめたりすることは、皆無であった。一方広川の方は、そんな周囲の様子にも、全くお構いなしだった。ジュッという絞り出すような鈍い音とともに多量の水煙が生じて、それが大空へと勢いよく立ち上った。その煙の中には…。その煙の中には…、何と、あの最後のシーン、最後の一コマ。広川が気分を悪くして、嘔吐してぶち壊しにしてしまった、あのキヤロとの最後の表情シーンの続きが、残されていた。ところが…。

＊

『ああするしか、他に方法がなかったのよ』

＊

同時に、エコー掛かったそんな女性の声が、今度は広川の背後から、全身に被さり覆って来たような気がした。広川は慌てて後方をフイと振り向いた。その方向には、何人ものスタッフ関係者が待機している。それにもかかわらず、不思議なことにキヤロに表情が似ているあの深メイクモデル岡村真奈緒だけが、広川の視界に明白に浮き上がって捉えられた。彼女だけが、深メイクに縁どりされた濃くて強いコントラストを発している。

*

『あれから、私の魂を天空へと移動させる為に、パイロットであるあの人は彼自身の魂を、私の身体から抜き去ったの。だから今でも彼の魂は単独で、現世とあの世の間を彷徨《さまよ》っています。あの人は、自分が我先にと天空に上ることだって充分に出来たのよ、私を追い出して私の身体を使いさえすれば。でも、それをしようとはしなかった。そして、そしてね。あの時よ、広川太一さん。あなたを彼が無理矢理、ヘリから放り出そうとしたでしょう、ノコギリを使っておどかして。あれはね、あなたを降ろさずにあのまま、あの空飛ぶ真夜中のコックピットに二人で居続けたらね、あなたがあの人と入れ替わってしまっていたのよ、自動的に…。つまり、あの時は着陸ランディングがダメ、その上あのまま飛び続けることもダメだったのよ。もっと言い換えれば、何もしなければ広川さん、あなたが一人だけ今頃、魂だけになって彷徨《さまよ》っていたのかも知れない。多分そうなっていたよ…。それをあの人は当然、知っていた。だから無理矢理に、あなたを着陸無しで降ろそうとしたの。あの人はそんな言い訳を、おくびにも出さなかった。だから…。私が出しゃばっちゃった。私の声をここまで強引に引っ張って来て、あなたに伝えたかった。融通が利かないけれど、根っからのパイロットだよ、あの人は。本当に怖かったでしょう。ゴメンね、広川さん。だけど広川さん、許してあげなよ。あの人がノコギリで無理矢理、あなたをこの世に降ろそうとしたことを…。私でさえ彼を許したんだから。だからねえ、広川太一さん…』

＊

そんな保冷車の女性ドライバー。とうに、死亡事故の原因であるあの時の顛末、ヘリの高速道への緊急着陸を恨まず、結局は許した女性ドライバー。…そんな彼女の魂の声を聴きながら、振り向いて再び広川が眺め射る先、立ちのぼった水煙の中のキヤロは、男姿だった。男キヤロ…。そしてあの時と同様に、制服姿で敬礼し続けている。広川が嘔吐する少し前に見た男キヤロの姿仕種が、今、水煙の上昇に任せて、まさにゆっくりと青空の彼方へと、上って行く。雄大な積乱雲に似ていた。今度はそんなキヤロの幻の表情が、広川へとおもむろに語りかける。コックピット内で、広川太一がこの上なくキヤロを憎んだのは、やはり間違いだったのだろうか…。

＊

『あれからねえ、広川さん。保冷車の女性運転手の魂を天空に運ぶことに、目途がついてね。私は私本来の魂に戻れそうなんですよ。でもねえ、広川さん。私にはもうあなたのように、人として現世に戻る局面は無い。あのヘリ火災で燃えて、死んじゃったからね。もう、少ないチャンスを使って、天空に上がるのを待つだけなんだよ。もしかしたらずっと、魂のまま行ったり来たり彷徨《さまよ》い続けているかも知れないがね。それは解るよねえ、広川さん。あなたとは立ち位置が違うからね。勿論、私の家族や会社を、近くまで行ってそっと見守ることは出来るでしょう。でもねえ…。言いたいこと、あなたなら解るよねえ、広川さん。あなたもあのトレーラー、いや、ヘリに搭乗していたのだから。大切にしなさいよ、生きていることを。生きていればねえ、結果すべてがうまくいくから。楽しく生きていきなさいよ。それでは、私と広川太一さんのフライトは、これにて…』

＊

水煙の中のキャロは、二度も「解るよねえ」と広川に語りかけた。魂の自分と現世の実人《じっ》間広川太一の立ち位置の違いを、如実に表現するかのように…。

そのような時の経過を駆使しながら、水煙の中のキヤロは敬礼しつつ、静かに消えて薄く小さくなり、大空に昇華して行った…。昇華…。これが、物語やドラマの主役主人公であったならば、最高に格好の良い場面だっただろうな…、と思う。

「ちょっ、ちょっと待って！」

広川が慌てて、消えてしまってすでに見えないキヤロを言葉で追い掛けて、時空を無理矢理引っ張り戻そうとした。言い忘れたことがあった。しかし無情にも、キヤロの姿が包まれていた水煙、湯気の帯は、すでに上昇しながら大気の中にそのまま溶けて、ほぼ消えてしまっており、もはや後の祭り。だが諦めかけていたその時…。

『まだ何か。しつこいねえ。もうすでに私の姿は、あなたからは見えなくなっちゃっている筈だよ、広川さん』

キヤロの声をかすかに頭中に認めて、ああ、間に合ったんだなと、広川は安堵した。そしてやはり、自分の方も心の声でキヤロに対峙しようと、念を込めていた。

（あなたねえ、キヤロさん。何を考えているんですか）

『私は彷徨《さまよ》いながら、天空に行く機会を、これからも探すだけだよ』

（そうじゃなくって、今日のあのモデルに付き添っているアラフォーマネージャーは、何ですか）

『何ですか、というのは、何ですか？』

（あなた、肩の荷が下りたからってねえ、ふざけている場合じゃありませんよ、キヤロさん。あの女マネージャーは、新東西高速道の白松パーキングエリアにいた、女ドライバークネクネにソックリじゃないですか）

『何か御不満でも？　それじゃあいけないとでも？』

（そもそも全く関係がないでしょう、あのクネクネと今回のアラフォーマネージャーとは）

『私もねえ、久しぶりに広川さんに会うというのでねえ…。少々アガッちまって…』

（何が、アガッちまって、ですか。アガッちゃって、あんな無意味な設定にしたって言うんですか。いい加減にしてくださいよ、キヤロさん。折角の気持ちのいい爽やかな話の結末が、何だか一気に、変な設定でぶち壊しですよ。本来なら文句なしに、あなたのカッコいい敬礼で、全てを厳《おごそ》かにキッチリとしめて終われたのに…）

『何分人材不足で、年齢ピタリのヒトが、周囲になかなか見いだせなかったものでね』

（少しズサンな部分があり過ぎですよ、キヤロさんは。私なんかねえ、キヤロさん。気が付いたらゴミの山の使い捨てカイロの中に、埋まっていたんですよ。扱いがねえ、扱いがヒド

過ぎますよ）

『あれは、あなたがヘリの中で嘔吐したからでしょう。ヒトの責任にしないでくれるかな』

（よく言いますよ。私が放り出されたのは、都心も都心。それも目立つ繁華街のハンバーガーショップ、「ワクドナルド」のすぐ脇のアスファルト道路ですよ。恥ずかしいなあ）

『だから、あなたがヘリの中でちゃんと普通にしていたならば、あなたは予定通り、新東西高速道のランプ下にある、「ワクドナルド」の傍に降りる筈だったんですよ』

ああそうだったのかと広川太一は感じ入り、目からウロコが落ちた気分で、なるほどと納得していた。確かに一般道から新東西高速道路への東京ランプ入り口付近に、「ワクドナルド」の目立つ看板があるのを、広川も以前より見て知っていた。そして、広川を引き寄せた今回のキャロの本心を、しっかりと見抜こうとしていた。

（まあね、解っていますよ。突然目立つヘリで現われちゃって。本当は、本当は…。私にキャロさん、あなたの奥さんや子供さんを、改めて紹介したかったんでしょう？　私には現世に、素晴らしい家族がずっと生きているんだよ、って）

『実は初めはねえ、何とか私の女房なら今回の女マネージャー役、いけるかなと思ったんだけれどね』

（そう思ったのなら、そうすればいいじゃありませんか。女ドライバークネクネ入魂よりも、

断然スマートに納得出来ますよ）

『ただねえ。そこで、やや風邪気味の娘を一人家に残すのは如何なものか、と考えてしまった訳で…』

（一緒に連れて来ればいいじゃありませんか。魂だけなら風邪でも動けるでしょうに。そもそも家には、お兄ちゃんだっている…。待って…。キャロさん、もしかしたら…）

『広川さんが考えている通りだよ。さっき広川さんを、スマホの大きな音量でビックリさせた、焚火のバイト青年。息子を入魂したから、少し似ているでしょう。彼の魂の面影で、広川さん、今回は勘弁してくれないかな』

（キャロさん…。そうだったんですか。私は、あの真夜中ヘリのコックピットで見た、ダイニングテーブルの映像でしか覚えていないよなあ、彼の顔。本当はねえ…。あの後調べて…。いやいや、大きくなったでしょうねえ、あなたの息子さん。これから楽しみですよねえ）

『こちらこそ、本当はねえ…。全てがお見通しだから気遣い無用。それでは本当に、私と広川さんのフライトは、これにて…。元気に華を咲かせなさいよ、カメラマンの広川太一さん。生きていれば幸せだよ、広川さん。普通に生活出来るんだからね。御安全に…』

（ええ、ええ。ごあんぜんに…。御安全に、キャロさん…。それから…。本当に感謝です、私を乗せてくださって）

地上には、そんな一連の不審な行動を取った広川。そんな広川をも何故か一切咎めることなく、糾弾することもなく、例外なく引き続き広川の手足となって仕事に励む、撮影スタッフ達が残っていた。さらにその横には、何時の間にか深い化粧っ気が取れて如何にも健康そうに映る、美しいモデル岡村真奈緒。そして、そこから少し離れた場所に待機しているアラフォー女性マネージャー。二人が、柔らかな明るい笑顔を広川に差し向けていた。あの保冷車の女性ドライバーの魂は、もうすでに彼方へと離れ去っている…。そして再びマスクを着け直している女性マネージャーの方も、白松パーキングエリアにいた、加倉井夏子似の「女性ドライバークネクネ」の表情とは、いささか程が離れて遠かった…。

一斗缶の火炎が、誰が整え直したのか何時の間にか、元通りに息を吹き返している。水を大量に掛けられたことなどまるで無かったかのように忘れ去り、勢い良く炎を上げている。今度はスマホイヤホンを無粋《ぶすい》に使用することもなく仕事に熱心に励んでいる、あのアルバイト見張りスタッフも広川の顔を見て、炎の前で親指を立てて微笑んでいる。その表情、確かに少々ではあるが、男性操縦士、男キャロの面影が見て取れるのかも知れない。

炎の暖かみ。ことのほか指先を用いて仕事をする広川太一には、それはそれはありがたい暖かみではあった。恐らくではあるのだが、あの白松ＰＡで彷徨《さまよ》っている時から、使い捨てカイロの山の中で発見されるまでの、広川の長かった「フライト」。あれは、亡霊キャロによって仕組まれた、一種の催眠術に違いない…。それは、広川の周囲周辺を巻き込んだ、とてつもなく大きな虚構の世界…。そのように広川は、事件から時が過ぎても考え信じていた。しかし今回の「キャロの突然訪問」で、何処までが事実で何処からが夢想の世界なのか、再び混とんとして解らなくなってしまった。もしかしたら、現実も虚構も、あることなすこと全てが、無限の本数で往復する時空の絹糸で、細かく繋がっているのかも知れない…。

＊

【場面転換】不時着ヘリの傍《そば》に横たわる操縦士は、すでに黒くただれ始めており、ビクともせずに動かない。保冷車にヘリ前ではねられたのだ。そしてその身体を勢い盛んな周囲の火炎が、容赦なく襲い蝕《むしば》んでいく。そのまま過酷な状況が引き続けば、操縦士の身体はあっと言う間に燃え尽きて、跡形も無くなってしまうに違いない。…と、そんな時、その操縦士の身体がわずかにズレ動いた。熱くなった路面のアスファルト上を擦るようにして、少しずつだが、気持ち炎から遠ざかって行くように見える。ヒトとしての動作は全く無しに、不自然に滑るようにして移動している。殆ど炎の上がらない、30ｍも先にスピン移動してしまった保冷トラック運転席の方向へと、徐々に徐々に小さく進んで行く。コマ送りのスライドみたいに少しずつ、少しずつやっとのこと。…ふと、たどたどしく小さな声。小さな声が響き渡った気がする。

『ちゃんと動かなくっちゃダメ、動かなくっちゃダメ。しっかりしなさい、おとうちゃん』

幼い女の子の声だ。その声の主は操縦士の肩に触れて掴んで、一生懸命に引っ張ろうとしている。ひょっとして、その操縦士の娘なのか…。確か、あの時のコックピットフロントの映像中に映っていた、幼い女児。**デニムサロペット**姿の女の子…。でも、どうしてこの時この場所に…。女の子は、現世I知県で、元気に生きている筈…。なのにこの場で、靄《もや》がかったような煙の流れの中に薄くとけ込み、座り込んでいる。

『ごあんぜんに、おとうちゃん。ごあんぜんに、おとうちゃん。いつも、ごあんぜんに、でしょう?』

すると、それまで殆ど移動出来なかった操縦士の身体が、急に車輪がついた台車に乗ったみたいに、ゆっくりとゆっくりと、滑らかに進み始めた。見れば靄《もや》の流れの中、女の子の後ろに何時の間にか今度は、あの**ラガーポロシャツ**姿の男の子がくっついていて、芋虫みたいに繋がって引っ張って、助けようとしている。お兄ちゃんだ。それがやっと視認出来る。その手助けの効果だろうか、しばらくして、燃えていない保冷車の運転席直近まで辿り着く。

しかし薄いコントラストの兄妹二人は、何故かまだその場から離れようとはしない。

不時着ヘリの傍で、消火作業が始まった。離れた保冷車の方向にも、その作業が徐々に拡がる気配。だが、青空の下であるにもかかわらず、消防警察救急等の作業者達は、眼に見えない操縦士家族の幻には、全く気付かない。まるで兄妹二人の「作業」を邪魔しないように、周辺作業をしているかのようである。

やり残したこと…。おとうちゃんの魂を助けてあげること…。運転手さんのいる保冷車の運転席に、何とかおとうちゃんの魂を乗せてあげたい。しかし兄妹には、それはあまりにも荷が重過ぎる。とうとう女の子の方が、うまく出来ないと泣きべそをかき始めてしまった。それを庇うお兄ちゃん。…と、その時、後方からさらに別の女性が近づいて来て、そんな子供達二人を強く、強く抱きしめる。それは**バッククロスエプロン**姿の母親、つまり操縦士の妻だった。あのダイニング映像の三人の姿、まさにそのまま…。そして靄《もや》に包まれた三人は、そっと目の前の操縦士、おとうちゃんの黒くススケた動かぬ顔を、優しく撫で続けた。もはや動いてはくれないと解ってはいても、そのままずっと撫で続けた。頑張ったんだよね、おとうちゃん…。命の流れと暖かみが、両の頬に蘇って来るような気がしていた。そして、しばらくしてから最後に、母親が操縦士の腕を取って支えるように引き上げながら、傷んだ焦げた身体から、形のない重黒い煙のようなおとうちゃんの魂、霊体をスルリと取り出して、それを運転席に向って三人で投げ上げた。その際、『皆ありがとう』と、おとうちゃんのエコー掛った声が小さくかすかに響いて、空気が微妙に揺れた気がした。悟られぬ様に懸命に隠してはいるけれども、形の無いおとうちゃんの霊体は、笑顔で涙している。ノドで泣いている。さよならを、して、いる…。三人とも、そんな気がしていた…。そんなおとうちゃんの声に安心したからなのか、あたかも霧の流れみたいに気化した兄妹と母親三人の幻は、徐々に徐々に小さくなっていき、誰にも気づかれることなく、空のかなた、I知県の自らの家、現実へと帰って行った…。

＊

まあいいか、と広川太一は、自分の絡まる思考を途中でゴマカして、とにかく「今現在」の世界に没頭しようと考え直していた。そんな「今現在」も、ひょっとしたら過去から未来へと繋がって行く、虚構の砂粒の積み重ねで出来上がっているのかも知れないけれど…。それにしても、知らず知らずのうちに今を生きている現世の人の情念が、本当に、霊体の持つ困難な状況を助けられるものなのだろうか…。そんなことが、あるものなのだろうか…。

広川愛用の一眼レフカメラのステンレスと三脚の金属部分。そしてさらに、忘れないでよと控えめに輝き光る、広川左手薬指のオーダーメイドプラチナマリッジリング。それらが炎と陽光、双方を強く乱反射させて、輝きを増していった。

信じられないかも知れないけれど、どんな人でも自分の心の家には、待ってくれている人が、確かに存在する。それは人によって、或いは様々な事情によって、その待っている人の姿形が、場合によっては目に見えぬことだってあるのかも知れない。けれどもそんなことはどうであれ、誰にでも自分の心の家には必ず、待ってくれている人、助けようとしてくれる人が確かに、確かに存在するのです…。だから、だから自分の家に、心を浮かべて帰ろうか。ただいま…。自分の心の家に…。

そんな事柄を考えたり胸に抱いたりしながら、広川太一の心は一層豊かに温まり、やはり格段と、気分は大富豪に近づきつつあった。自分達は取り敢えず、心だけの豊かな大富豪で充分なんだよ、とも感じ入り、再びシャッターチャンスを熱心に、狙い続けていった。遠慮することなしに、心を浮かべて…。

（おわり）

※この作品はフィクションです。実在の人物、地名、組織、団体、固有名詞などとは一切関係ございません。

あとがき

都心と北陸方面を往復したことがあります。高速道路なのですが、道中全く照明のない区間区域が現実に存在しており、実に驚嘆。トラックのヘッドライトと、その光に浮かび上がる車線のホワイトラインしか、認識出来ない。あとはすべて漆黒です。そして最近聞いたところによると、関東近辺にも災害などの影響で、サイドミラー内は完全に暗闇、稀に差し込む対向車のヘッドライト、などという区域も確かにあったようです。そういった光景が、滑走路からまさに飛び立つ飛行機のコックピットに、連想映像で繋がったのでしょう。頭の中にクッキリと、その絵柄が出来上がって来ました。あのまま本当に中空に飛び立っていたならば、どのような光景だったのだろうか。そんな具合に思い及んで考えて、過去に実際の飛行機で昼間離陸した際の記憶映像へと繋げてみたのが、この物語の背景に潜在する、素材の絵柄です。

事故によって死亡して魂だけとなり、現世とあの世の間を行ったり来たりして彷徨《さまよ》うトレーラードライバー、実は元ヘリコプター操縦士の、キャロ。責任感の強い人です。同じく死亡してしまった保冷車女性運転手の魂を、何とか天空に運ぼうとはするものの、その為に現世にいる周辺連関の人々の人生。それらの人生の角度を違《たが》えたり色柄を変化させたりして、巻き込んでしまう…。もしかしたら、そんな魂と魂のやり取りの中で生じた様々な事象。それらが私達の普段の生き様に、それこそ目には見えないけれども、常に本当に影響を与えているのではないか。そのように考えると、何だか空恐ろしくなって来ます。でも、そんな中にあっても、幸運が多数降り注いでくれるような好影響なら、うん、これは良い人生だったなあと、最後は満足出来るようになる筈です。

この作品の登場人物も話していますが、生きているからこそ、私達は何とか色々と苦しみながらも、良い方向へ良い方向へ進もうと、対処してやって行けるのではないでしょうか。「キヤロ」は魂だけとなって、現世とあの世の間を彷徨《さまよ》います。そして現世にいる広川太一に対して、キヤロ自身にはもはや辿ることの出来ない、新しい道を提供してくれています。広川の現世に光を当てて輝かせ、カメラマンとしてのそれからの人生を一変させております。結果、幸運が舞い降りました。もしも傍にそんな幸運があれば、それを少しでも大切に永らえられるよう、現世にいる私達は無駄にすることのないように、日々努力していきたいものです。舞い降りた幸運があるのならば、恐らくそれらは殆ど、天空にいる知人を含めた周囲の方々の、眼に見えない無意識の手助けによるものである…。そんなふうに自然と考えてしまう昨今です。どんな境遇にあろうとも、私達は決して、一人ではないのですね。それが、自分の心の家。ヘリコプター操縦士（男性キャロ）は、自分の家族を見守る機会が、心の家。保冷車ドライバー（女性キャロ）は、育った養護施設、育ててくれた会社社会が、心の家。そして広川太一は、パートナーと展開する今の仕事、今の生活が、自分の心の家…。あの…。本編みたいにもう一度言いたいのですが、許されるでしょうか。それは…。

『だから、だから自分の家に、心を浮かべて帰ろうか。ただいま…。自分の心の家に…』。

この作品を完成するにあたって、考証に協力してくださった廣瀬正樹さん、村川貞二さん。校正編集のパレードブックス深田祐子様他皆様、そしてこの物語を実際に手にして読んでくださる皆々様には深謝いたします。本当にありがとうございます。

二〇二三年（令和五年）四月記

倉田周平

『君といれば』歌：Little Glee Monster　作詞：佐伯youthK
日本音楽著作権協会（出）許諾第２３０４１１７-３０１号

■著者略歴

倉田周平（くらた・しゅうへい）

本名・渡邉和彦
一九五五年三月　広島県福山市生まれの東京育ち。
早大理工学部応用化学科卒業。
総通東京デザインスクールコピーライティング専科卒業。
日本脚本家連盟育成会、日本中央文学会会友及び、
放送大学教養学部科目履修生等を経て文筆活動。
近代文芸社刊書籍出版、パレード星雲社刊書籍出版及び、
電子書籍出版あり。
一九九七年　ＮＨＫ札幌シナリオ募集奨励賞。
一九九八年　コスモス文学会奨励賞。
一九九九年　ＮＨＫ広島シナリオ佳作受賞。

2024 真夜中のコックピット
～場面転換～

2023年9月11日　第1刷発行

著　者　倉田周平《くらたしゅうへい》

発行者　太田宏司郎
発行所　株式会社パレード
　　大阪本社　〒530-0021　大阪府大阪市北区浮田1-1-8
　　　　　　　TEL 06-6485-0766　FAX 06-6485-0767
　　東京支社　〒151-0051　東京都渋谷区千駄ヶ谷2-10-7
　　　　　　　TEL 03-5413-3285　FAX 03-5413-3286
　　https://books.parade.co.jp
発売元　株式会社星雲社（共同出版社・流通責任出版社）
　　　　　　　〒112-0005　東京都文京区水道1-3-30
　　　　　　　TEL 03-3868-3275　FAX 03-3868-6588
装　幀　藤山めぐみ（PARADE Inc.）
印刷所　創栄図書印刷株式会社

ISBN 978-4-434-32563-2　C0093